·ANDRÉS ACOSTA·

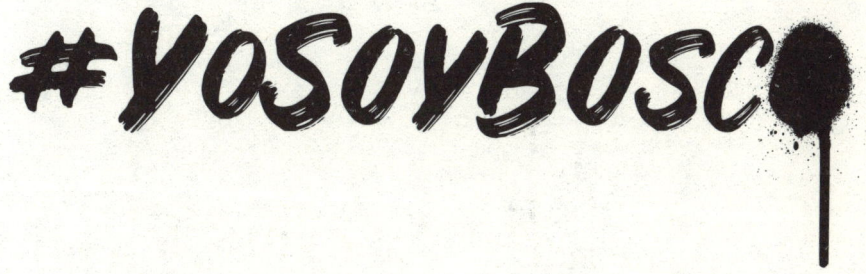

montena

El papel utilizado para la impresión de este libro ha sido fabricado a partir de madera procedente de bosques y plantaciones gestionadas con los más altos estándares ambientales, garantizando una explotación de los recursos sostenible con el medio ambiente y beneficiosa para las personas.

#YoSoyBosco

Primera edición: junio, 2021

D. R. © 2017, Andrés Acosta

D. R. © 2021, derechos de edición mundiales en lengua castellana:
Penguin Random House Grupo Editorial, S. A. de C. V.
Blvd. Miguel de Cervantes Saavedra núm. 301, 1er piso,
colonia Granada, alcaldía Miguel Hidalgo, C. P. 11520,
Ciudad de México

penguinlibros.com

Penguin Random House Grupo Editorial apoya la protección del *copyright*.
El *copyright* estimula la creatividad, defiende la diversidad en el ámbito de las ideas y el conocimiento, promueve la libre expresión y favorece una cultura viva. Gracias por comprar una edición autorizada de este libro y por respetar las leyes del Derecho de Autor y *copyright*. Al hacerlo está respaldando a los autores y permitiendo que PRHGE continúe publicando libros para todos los lectores.

Queda prohibido bajo las sanciones establecidas por las leyes escanear, reproducir total o parcialmente esta obra por cualquier medio o procedimiento así como la distribución de ejemplares mediante alquiler o préstamo público sin previa autorización.
Si necesita fotocopiar o escanear algún fragmento de esta obra diríjase a CemPro
(Centro Mexicano de Protección y Fomento de los Derechos de Autor, https://cempro.com.mx).

ISBN: 978-607-380-300-7

Impreso en México – *Printed in Mexico*

¿Qué pasa en la verde alameda?
Pasa que no es verde y ni siquiera hay una alameda.

"Extracción de la piedra de la locura"
ALEJANDRA PIZARNIK

#MeCaíDeCabeza

Los periódicos son lo peor. También los noticiarios de la tele. Esto no va de zombis ni de vampiros, pero casi casi. Créanme que nadie sabe nada. Les contaré lo que pasó hace un año. Yo tenía diecisiete. Muchas cosas han cambiado. Ahora ya nadie se acuerda bien, o se acuerda según le convenga. ¿Cómo fueron las cosas, entonces? Peor, mucho peor de lo que dicen. Aunque tampoco soy de esos que se tragan enteras las conspiraciones de blogs baratos, les puedo asegurar que... Bueno, no les aseguro nada, mejor les cuento. No soy muy listo, pero no soy tan tonto. A veces soy un idiota, que es algo muy diferente. Eres idiota cuando cometes una tontería, no por tonto, no porque no sepas lo que haces, sino porque la cometes a pesar de que sepas que no debes hacerlo. Ésa es la diferencia.

Tal vez sea muy pronto para confesarlo pero, ¿cómo les quiero yo decir? Perdón por esta presentación tan mala de mí mismo. Resulta que de chiquito me caí de cabeza desde una camioneta andando a media carretera. Creo que hasta reboté. Yo no me acuerdo bien porque era demasiado chico. Íbamos de vacaciones a Timbuctú o no sé adónde, pero yo iba atrás. Era cuando todavía se podía pueblear inocentemente. No sé si dejaron mal cerrada la puerta trasera o yo la abrí, jugando con la manija. De pronto, yo ya estaba sobre la carretera, rodando. Me levanté y, al ver que la camioneta se alejaba, corrí para alcanzarla. Los del coche que venía atrás vieron lo que sucedió. Casi se infartan y tocaron el claxon al tiempo que me esquivaban. De suerte que era un tramo no muy transitado, porque era una desviación. Los de atrás se bajaron a recogerme, mientras mis papás se alejaban. Al cabo de un rato, mi papá vio que la puerta de atrás estaba abierta y se detuvo. Cuando se dieron cuenta de que habían perdido a su hijo, su único hijo, que se les había caído en plena carretera, dieron la vuelta para buscarme.

Se supo que caí de cabeza, pero pensaban que, como era niño, no me había pasado nada. Ni un chipote me salió. Un vecino dijo que los niños y los borrachos, cuando se caen, no se hacen daño.

—Es una ley de la vida. Probada.

A lo mejor lo decía por él, que sólo bebía cuando bebía, y llegaba borracho a las tres de la mañana a tocar a nuestra puerta porque la confundía con la suya, hasta que un día se cayó por una coladera destapada y de allí no salió jamás. Con respecto a mí, siempre he sospechado que gracias a la caída quedé medio idiota, aunque no se me da decírselo a cualquiera. No va uno por ahí diciendo: "¡Cha!, soy un idiota". Sospecho que mi papá también creía lo mismo. Cada vez que yo hacía alguna estupidez, no llegaba a enojarse sin que hubiera un poco de culpa en su mirada. Seguro pensaba: "Este pobre hijo mío es un idiota porque se me cayó de cabeza en la carretera". Entonces ya sus castigos no eran tan duros. Y tal vez eso me echó a perder todavía más.

Cómo se puede arruinar la vida de alguien por un incidente tan tonto. Bueno, durante muchos años estuve convencido de que mi vida se torció desde niño, ¿pero la de quién no? Si yo les contara lo que vi en cada una de las escuelas en las que estuve, no me lo creerían. Lo malo es que a quien acababan expulsando era a mí. A mí. ¿Por qué? Por idiota. Crecí con la idea de que, peor que cometer una falta, es convertirse en un delator. Vi cómo le aventaron un ladrillazo al parabrisas del coche de un maestro y no eché de cabeza al culpable. Entonces pagué yo.

Les cuento. Esto fue hace un año. No quiero darles una impresión falsa. Yo también sufrí, no nada más estuve de observador. No quería hablar de mí, pero es inevitable. O sea, para contarles cómo sucedió todo, tengo que decirlo desde donde yo lo viví.

Esto no va de zombis ni de vampiros, pero casi casi.

#MarxElDeLosMemes

Las cosas comenzaron cuando todavía no comenzaban. Discúlpenme si digo alguna que otra tontería, pero lo cuento como me voy acordando. ¿De qué otra manera si no? Lo demás son mentiras. Las historias no tienen ni principio ni fin. Excepto los buenos cuentos. Como ese de los changuitos que me gustaba que me leyera mi mamá antes de dormir. Era un cuento de nunca acabar. Creo que se llamaba *El último chango en París,* o algo así. Había un changuito colgado del mecate de un tendedero y de pronto llegaba otro y lo tiraba, pero luego llegaba otro y le hacía lo mismo. Así, hasta el infinito. Siempre me quedé dormido antes de que hubiera sobrepasado la docena de changuitos. Por más que quería estar despierto para esperar al último último changuito de todos, se me cerraban los ojos. Creo que es el mejor libro que he leído. O bueno, que me leían. Me dejó una gran enseñanza, porque así es la vida: eres un changuito colgado de tu mecate, hasta que llega otro y te tira; pero no te preocupes, luego vendrá otro changuito a hacerle lo mismo que te hizo a ti. Así, changuito tras changuito, hasta que se acabe la humanidad: ¡tan tan!

Las historias son como cuando vas caminando y de pronto ya te empapaste los calcetines. Así te das cuenta de que estás metido en algo. En un charco, por ejemplo. No se sabe bien dónde empiezan las historias ni dónde acaban. Pero de que te empapaste los calcetines y te tienes que quitar los zapatos, eso que ni qué.

No había nada en el ambiente que anunciara lo que venía. O sí lo hubo, pero yo no me di cuenta. Bueno, por lo pronto, lo que venía para mí era un apocalipsis de juguete en forma de cita con el director de la escuela donde mis papás tenían la esperanza de que me aceptaran. Una esperanza más flaca que un charal. Yo estaba acostumbrado a cambiar de escuela como de calzones, pero esta vez el director en persona me iba a entrevistar, y pidió que fuera solo, sin mis papás. Supongo que para que no me soplaran nada de lo que debía responder. Todavía mis papás se aferraron a que me vistiera de manera ridícula. El cuello de la camisa me raspaba y el suéter me apretaba. Me sentí como en aquella peli en la que un abogado trata de vestir a su defendido para que parezca inocente, como si con la pura facha de oficinista relamido pudiera convencer al jurado de que no cometió el sanguinario crimen que cometió.

La escuela estaba lejos de casa. Ya me había acabado cada una de las de mi rumbo. Ahora tocaba ir un poco más lejos. ¡Cha!, yo sí podía decir que mis estudios me estaban llevando cada vez más lejos. El edificio era como de la Edad Media. Me gustaron las escalinatas de la entrada. Eran geniales para sentarse a mirar la calle desde allí. De pronto me di cuenta de que se hacía tarde y entré corriendo a buscar la oficina del director.

Era un tipo tranquilo, barbón, con aire de que lo sabía todo de este mundo y buena parte del otro. Parecía psicólogo. Y vaya que conozco de psicólogos. Una vez hasta hice llorar a uno. Me recibió como si estuviéramos en la sala de su casa. Antes de hablar, se tomó su tiempo para observarme, de pies a cabeza. Más pies que cabeza, porque se detuvo un rato en mis gastados tenis. Llevaba mis favoritos. Son como guantes para mis pies. Me hacen sentir ágil y seguro, por si hay que salir corriendo en cualquier momento. El director dijo:

—Vamos a olvidarnos de las formalidades. Haz de cuenta que estás en la sala de tu casa. Ven.

Renunció a su escritorio para sentarse conmigo en el sillón negro de piel. Yo, la verdad, no me sentía para nada en mi casa, y me resbalaba en el sillón. Cuando me di cuenta, estaba ya medio acostado en ese armatoste de piel maloliente. El director era un tipo peludo. Se parecía a Marx, el de los memes. Casi le suelto:

—¡Qué interesante, cuéntame Marx!

Quería que yo hablara primero, que me presentara. ¿Qué podía decir de mí? No debía cometer una de mis tonterías típicas: se me apareció la cara de mi papá haciendo gesto de "cuidadito con lo que haces".

—Yo soy Bosco... —empecé.

Y hablé de mí. Creo que lo único cierto que dije fue: "Soy Bosco". No lo pude evitar. Lo demás fueron puras y absolutas mentiras. Soy el tipo más honesto con el que se van a topar en esta vida, pero de que me da por inventar, no paro. Traté de que fueran mentiras inocentes, porque ahí seguía la cara de mi papá advirtiéndome que la lista de escuelas se agotaba, y también su paciencia. Así que hablé y hablé, y Marx me escuchaba y se rascaba la cabeza. Luego miró su reloj y dijo que se comunicaría con mis papás.

Salí con la sensación de que había echado a perder mi última oportunidad. Mi papá me había dicho que si no me aceptaban en esa escuela, me iba a meter a trabajar cargando bultos en la central de abasto. Y todavía lo pensé un poco, no me hacía levantándome en la madrugada para ir a romperme la espalda y apestar a cebolla todo el día, pero sí ansiaba gastar mi propio dinero, ¡cha!

#LocoDeMiCorazón

Estaba practicando mientras miraba *El juego de la muerte*, sudando a chorros mis pants amarillos de Kill Bill: una excelente manera de aplacar el frío de esos días. Traía los audífonos puestos, por aquello de que no hay que fastidiar al prójimo con el escándalo propio. Era un combate a muerte entre Bruce Lee y su enemigo, un negro gigantón que le sacaba como medio metro de altura. Perfectamente sincronizado con el protagonista, pegué un brinco en el aire para soltar una patada voladora de media vuelta y, cuando miré, ahí estaba mi mamá, parada frente a mí, con el pelo revuelto y con la cara blanca como un pañuelo desechable. Fue una suerte que yo haya crecido tanto en el último año porque si no, le hubiera partido la cara. ¡A mi propia madre! La que se habría armado, con mi mamá en el hospital, sosteniéndose la mandíbula.

—¡Por Dios!, ¿qué le pasó, señora?

—Mi hijo me rompió la quijada.

Pero ella no tenía la cara pálida sólo porque casi la descontaba. La traía desde antes de que me fuera a buscar al cuarto.

—¡¿Qué le dijiste al director?!

—No me aceptaron, ¿verdad? Ya lo sabía. Desde que llegué, ese señor me tiró mala onda.

—Sí te aceptaron.

—¡Cha, qué bien! ¿Entonces, por qué estás así?

—¿Cómo quieres que esté, si tienes una mamá cuadripléjica, eh?

Antes de responder me quedé pensando. Habían pasado algunos días desde que fui a la oficina de Marx el de los Memes, y se me olvidó por completo que le había contado algunas mentiras; entre ellas, que mi mamá estaba en una silla de ruedas y mi hermanita Iris tenía un síndrome pulmonar que la obligaba a arrastrar un tanque de oxígeno para donde fuera. Estaba tan convencido de que no me aceptarían en la escuela por haber tirado aquel rollo, que pensé que mi papá esta vez sí me iba a mandar directo a la central de abasto. Por eso hasta me estaba preparando para sobrevivir al rudo ambiente de los cargadores, en donde seguramente habría que soltar muchas patadas.

Ni mi mamá estaba tullida ni mi hermanita estaba mala del pulmón. Mi mamá a veces hasta salía a correr por las mañanas; eso si se acordaba que debía hacer ejercicio, según su psiquiatra. Y mi hermanita no podía tener nada, ni siquiera pulmones, porque murió al nacer. Llegamos juntos al mundo, pero ella se fue rapidísimo, y yo (en ese sentido no le mentí al director) muchas veces la sentía a mi lado. No sólo la sentía, también la veía y hablaba con ella.

No vayan a creer que estaba loco de mi cabeza; nada más estaba un poco loco de mi corazón. Sabía perfectamente que ella no estaba allí, junto a mí, de carne y hueso. Sé bien la diferencia cuando hablamos de alguien con cuerpo o sin cuerpo. Hay personas sin cuerpo. Mi hermanita era una de ellas. La primera vez que me llevaron al psicólogo fue porque, un día, mis papás me oyeron hablando solo. Creyeron que estaba jugando. Y sí, estaba jugando, pero con mi hermanita. Al no ver a nadie junto a mí, se asustaron.

Yo sé que ustedes me entienden, cualquiera entendería lo que digo si hubiera venido al mundo tomado de la mano de su querida hermanita. Si hubiera hecho su entrada triunfal con la persona más maravillosa del universo. Nacimos tomados de la mano y, en algún momento, tuvieron que separarnos: apartaron nuestras manos porque ella ya no respiraba, porque se puso morada y ya no hubo nada que hacer para salvarla. Me duele contarlo, pero así fue. O sea, no estaba loco de mi cabeza, sino de mi corazón.

Claro que no recuerdo cuando nací. ¿Quién se acuerda de cuando nació? Pero desde chico supe de su existencia, antes de que me hablaran de ella, para decirme que sí, que tuve una hermanita que se murió. ¡Cha!, bueno, es complicado explicarlo, pero incluso el psicólogo me dio la razón. Me dijo, lo recuerdo muy bien, que dentro de mí, muy dentro de mí, ella seguiría siendo mi hermana por siempre, y que nadie me la podría quitar. Ni siquiera mis papás.

Si a mi mamá le disgustó que la fingiera en una silla de ruedas ante el director de la nueva escuela, a mi hermanita, en cambio, le encantó el juego de arrastrar el carrito con el tanque de oxígeno. Le pareció divertido. Además, resultó una gran premonición. Nos estábamos adelantando a lo que vendría. ¿Cómo les quiero yo decir? A veces uno sabe las cosas sin saberlas, de antemano. No creo en la telepatía ni en esas mafufadas; creo que muy adentro de nosotros atamos cabos de lo que sucede a nuestro alrededor, antes de darnos cuenta. Algo estaba sucediendo ya, pero todavía no se notaba. Y sí…

La cosa es que a veces uno trata de mentir descaradamente y, sin querer, dice la verdad. Le conté a Marx el de los Memes que mi mamá era cuadripléjica. Traté de mentir, y acabé diciéndole la verdad; bueno, un tipo de verdad que, a veces, es más cierta que la simple verdad. A lo que me refiero es que mi mamá estaba tullida de su cabeza, por decirlo de alguna manera. Cuando era niño, mi mamá una vez quiso dejar a mi papá, quiso dar sus propios pasos, y caminar por esta vida sin nosotros. ¡Qué carga tan pesada éramos para ella! Nunca pudo abandonarnos para hacer su vida, su propia vida, en vez de atendernos a mi papá y a mí. Fuimos unos monstruos con ella. Sí trabajaba, ganaba su dinero, pero no en lo que quiso. Mi papá no acabó su carrera de medicina, pero hizo lo que quiso, a pesar de que siempre se quejó de su trabajo. Mi mamá estudió arquitectura, porque ama la arquitectura, mas nunca pudo convertirse en una arquitecta. No se atrevió, y gracias a eso mi papá y yo siempre tuvimos la ropa limpia y la comida lista. ¡Qué injusto!, ¿no? Y también dije una verdad acerca de Iris, sin querer. A Iris le faltaba el oxígeno porque ella no respiraba. La verdad era que no tenía pulmones ni cuerpo ni nada, ¡aunque yo sí la veía! ¡Cha!, y mi mamá no estaba tullida de su cuerpo, sino de su cabeza.

Total que esa tarde, mi mamá amenazó con acusarme con mi papá en cuanto llegara; amenazó con contarle mis mentiras y desmayarse rendida frente a él para chillarle que yo no tenía remedio, que mejor esta vez él mismo me llevara directo a cargar bultos de papas, porque no tenía caso intentarlo en la nueva escuela; ¿para qué seguir perdiendo el tiempo conmigo? Pero justo esa noche, mi papá no llegaría a cenar, y no es que acostumbrara hacerlo seguido. Más bien, casi nunca. Normalmente checaba su tarjeta con puntualidad en los laboratorios de la Secretaría de Salud, donde trabajaba desde hacía muchos años, y se venía directito a casa.

#GemelosNoEnvejecenIgual

Mi papá llamó para avisarle a mamá que ni lo esperáramos, así que cenamos en silencio mi mamá y yo. Al día siguiente tenía que presentarme en la escuela. Mis vacaciones forzadas habían sido cortas. Enfrentarme a nuevos maestros y compañeros a medio ciclo escolar no era nada estimulante para mí. En el fondo, estaba decepcionado. ¿Por qué Marx el de los Memes me había aceptado? ¿Qué no se dio cuenta de que le dije puras mentiras?

—¡Buena la has hecho! —dijo mi hermanita desde su silla; la que siempre apartaba para ella.

—¡Cha!, es que me repatea la escuela.

—Ya conoces la solución —respondió mi mamá.

—¡No hablaba contigo! —le repelé. Yo a ella ni la había mirado.

Esa costumbre mía de hablar con mi hermana siempre la fastidiaba, la ponía de unos nervios. Desde que el psicólogo recomendó que no me reprendieran por ello, no sabía ni qué hacer. Se levantó indignada de la mesa y nos dejó a solas. Mi hermanita aprovechó para levantarse y meter su dedo en el plato de mamá, luego se lo chupó y su gesto de asco fue cómico. Me encantaba cada vez que hacía bizco y se apuntaba con el dedo hacia la lengua. Siempre que me sentía mal, ella me obligaba a soltar la carcajada. ¿Cómo no querer a una hermanita así?

Tengo que aclarar que, a pesar de que nacimos juntos, mi hermana Iris era menor que yo. ¿Que cómo así? No lo sé. A lo mejor en su dimensión el tiempo transcurría de otra manera. Una vez leí la explicación sobre los gemelos que no envejecen igual, y todo porque uno de ellos viaja al espacio a la velocidad de la luz. Bueno, pues tal vez mi hermanita envejecía más lento, lentísimo, por lo mismo: viajábamos a velocidades diferentes. Eso era todo. De hecho, pensaba que yo me haría viejo y ella continuaría igual, por los siglos de los siglos, porque no veía que cambiara nada con el paso del tiempo.

¡Cha!, no sabía si llegaría a viejo. Pensaba que no me gustaría, francamente. Ahí teníamos a mis maestros. De colección. No me imaginaba convertido en uno de ellos, por ejemplo; si no eran un plomo, si no te provocaban penosos bostezos en sus clases, se la pasaban mirándote con malos ojos. A lo mejor por eso mi hermanita no crecía. Era lista, muy lista. En cambio, yo crecí demasiado. Era una grosería. Los pantalones ya me quedaban de brincacharcos. Tuvieron que comprarme ropa nueva y yo la odiaba. Odiaba tener que ir a una tienda y meterme en el probador. Odiaba a los empleados, que te vigilaban para que no te robaras nada, o que le hacían la barba a mi mamá con tal de que nos lleváramos cualquier cosa. Odiaba salir a la calle con bolsas. Odiaba que mi mamá tuviera que acompañarme, pues obviamente ella pagaba; no me soltaba la lana para que yo escogiera solo. ¡Cha!, ¡qué cosa ir de compras! Por eso, tal vez no hubiera sido tan malo que empezara a ganarme mi propia lana, aunque no convertido en una mula de carga, ¿o sí? Tal vez hasta me hubiera acostumbrado rápido.

    Terminé de cenar y me refugié en mi cuarto. Me estuve mirando al espejo mientras hacía caras y pensaba: "Soy bueno para hacer caras". A veces las hacía, caminando por la calle, y la gente me miraba, algunos con curiosidad y otros hasta con miedo. Sólo eran gestos. ¿De qué se asustaban? Tal vez mis papás debieron haberme metido a una escuela de actuación desde pequeño. Podría haber actuado en pelis, ¿por qué no? Hubiera cobrado tanta lana como el que más. "Hay actores que se ponen frente a la cámara y sólo hacen gestos", me dije. De pronto decidí que no quería ningún futuro, por el rollo que traía de no envejecer. Pero no querer un futuro también era un futuro, ¿o no? ¡Qué complicado! Y así me quedé dormido, pensando en mi no futuro.

    Me despertó un golpe sordo. Luego se oyeron las voces amortiguadas de mis papás. Debían ser como las tres de la mañana. Buena hora para empezar una discusión. Me senté en la cama para tratar de escuchar qué decían. Era imposible entender algo. Tuve que bajarme para pegar el oído al suelo. Estaba frío y usé un calcetín para protegerme, pero tampoco entendía nada, así que planté la oreja directamente en el piso helado.

    Era una situación confusa. Mis papás hablaban en un tono tranquilo, en voz baja, y de pronto se veían arrastrados como por una tormenta, se decían cosas, guardaban silencio y comenzaban de nuevo. No era la primera vez que discutían, claro, ¿pero a esas horas? Sus peleas eran como de chiste. Primero, mi papá llegaba tarde, luego empezaban los portazos y las discusiones, ¡cha! Esto iba en serio.

#Mitocondrias&Convulsiones

Marx el de los Memes estaba en la puerta, esperándome. Fumaba una pipa tranquilamente, recargado en el marco. Cuando lo vi, estuve a punto de echarme a correr, como delincuente, como preso evadido. Imaginé a Marx sacando su revólver y descerrajándome un tiro por la espalda, con absoluta frialdad, antes de que yo pudiera doblar la esquina. ¿Pero luego de qué manera se lo explicaría a mis papás? Seguramente no andaba metiéndoles de tiros a los alumnos que se iban de pinta nada más porque era un rollo decirles a los papás por qué se habían quedado sin hijos.

Marx me saludó amablemente, como si nada, y me condujo a mi salón sólo porque era mi primer día, dijo. Me condujo poniéndome la mano en el hombro izquierdo como si yo fuera un carrito que empujara. El maestro me esperaba con cara de pocos alumnos, digo, de pocos amigos. Seguro le daba flojera tener que regularizarme. Sacó su lista y empezó a buscar.

—¿Cómo te llamas?
—Yo soy Bosco.
—Aja, aquí no usamos apodos.

Desde el primer momento me perdió. ¿Qué es eso de que uno no pueda llamarse como quiera? El mundo sería otro si cada quien pudiera usar el nombre que le guste. Me indicó un mesabanco para que me sentara. Saqué mi cuaderno de mala gana y me puse a garabatear. ¿Qué podía importarme lo que dijera el maestro ese? Por lo menos tendría que hacer como que tomaba apuntes o algo así.

Estaba yo muy posesionado del mesabanco cuando llegó un orangután a correrme. Ni siquiera tuvo que hablar. Los orangutanes sólo empujan o amenazan con el puño. Luego de que me echara como a un perro de película muda, me fui a otra banca con el odio fluyendo por las raíces de mis dientes. No podía empezar tan rápido a meterme en líos. Además no soy de los que se agarran a golpes a la primera. Una cosa son las pelis de Bruce Lee y de Kill Bill, y otra, la vida real. Y no porque sea pacifista, vegano y lo que quieran y manden ustedes. La verdad es que soy tan malo para pelear que acabo descontrolado, mordiendo a mi oponente, y eso sí causa problemas. Ponerle un ojo morado o sacarle sangre de la nariz a alguien puede pasar, pero si te quedas con un pedazo de oreja de tu adversario entre los dientes, segurito acaban expulsándote… En fin, ya estaba acostumbrado a las cálidas bienvenidas en cada nueva escuela.

El maestro hablaba de cosas incomprensibles. Hablaba de los orgánulos, de las mitocondrias y de las blástulas. Andaba inspirado. Se le llenaba la boca de pronunciar palabras retorcidas. ¡Mitocondria!, ¡cha!, qué palabra tan salvaje. ¡Mitocondria! De vez en cuando se quedaba callado mirando por la ventana y se ponía una mano extendida sobre el pecho. Quién sabe qué tanto pensaría. Luego levantaba la ceja y retomaba su rollo. Se daba un aire de superioridad que ni él se lo creía. De pronto se puso azul. De veras, azul tirando a morado. Los ojos se le enrojecieron. Se estaba transformando, como el doctor Jekyll, y dijo:

—Tengo que decirles... que me siento verdaderamente mal.

En el salón creíamos que era una forma de llamar nuestra atención, porque nadie le hacía ningún caso. Y sí que la llamó. A continuación trató de levantarse de su silla, dio un paso en falso, como astronauta novato, y cayó a los pies de las chicas que se sentaban en primera fila. Comenzó a convulsionarse de fea manera y una baba espesa le salió por la boca formando un charco. Las chicas se levantaron y corrieron a los baños, aullando y a punto del vómito. Se levantó un escándalo por los pasillos. Los demás rodeamos al maestro. Alguien dijo que le dejáramos espacio para respirar, que había que aflojarle la corbata, pero nadie se atrevió a tocarlo. Sólo lo mirábamos en el suelo. Tenía un gesto horrible.

Marx el de los Memes llegó corriendo y él sí se animó a aflojarle la corbata; poco faltó para que le diera respiración de boca a boca. El maestro no se veía nada bien. Lo sentaron en el suelo, como a un muñeco de trapo; hacía esfuerzos para respirar, sudaba a chorros y los dientes le castañeaban. También llegó el señor de la limpieza con su carrito y se puso a trapear la baba del maestro.

—Bueno, bueno. Se acabó esta clase por hoy. Váyanse un rato a la cafetería —ordenó Marx aplaudiendo como si fuéramos focas amaestradas.

No me podía quejar, mi primer día en la escuela comenzó espectacular. Nunca antes había visto colapsar a un maestro en pleno salón. Fue divertido. En la cafetería escuché que el maestro acostumbraba dar sus clases perfectamente borracho. Lo decía un grupo de chavos riéndose a carcajadas. Era una de las explicaciones que flotaban en el ambiente acerca de lo que acababa de suceder. Otros no estaban tan seguros: tal vez era epiléptico o los tacos de sesos que solía echarse en la esquina le habían caído súper mal.

Ni siquiera intenté establecer contacto con alguno de mis nuevos compañeros, y ellos, por su parte, no tenían la menor curiosidad respecto a mí. Perfecto. Era un pacto, ni ellos ni yo invadiríamos nuestros dominios. Todos felices.

Había una chica que no parecía estar al tanto de este pacto. La sorprendí mirándome con curiosidad. Ella también estaba sola en su mesa. Hice lo que mejor podía hacer en un caso así. Me levanté con mi coca para cambiarme de lugar y me senté de frente al ventanal. Nadie interfería mi vista. Afuera se había soltado un aironazo que agitaba las ramas de los árboles. Pronto empezaría mi siguiente clase.

#TacosDeSesos

Esa noche mi papá tampoco llegó a cenar. Ya era la segunda vez. Dormí recordando la diversión que el maestro nos había ofrecido. Parecía la escena de una peli gore en la que el personaje se transforma en un monstruo viscoso. Sí, para mí las pelis eran lo máximo. Los libros no. Me chocaba la gente que leía mucho: esos cerebritos, los desabridos sabelotodo. En cambio, el cine me hacía vivir las escenas, dentro y fuera de las salas.

Al día siguiente, en el desayuno, mi mamá no estuvo de humor para regañarme. Andaba con la mirada medio perdida y ni me preguntó cómo me había ido en mi primer día en la nueva escuela. No le pude contar lo del maestro; ya hasta había pensado cómo hacerlo, con sus buenos efectos especiales. Ella estaba tan distraída, que quise ponerla a prueba:

—Mamá, necesito dinero para comprar un libro —solté así como si nada.

—¿Cuánto?

Que mamá no preguntara por el título del libro y para qué clase me lo habían pedido; que no se enfureciera por querer sacarle dinero desde temprano, era impensable. Y que mi papá tampoco hubiera tenido tiempo de regañarme por mentirle a Marx, no era posible. ¡Entonces sí pasaba algo muy gordo! Según yo, até cabos: me imaginé que el fin de semana llegaría mi papá, con ojeras y mal afeitado, para llevarse una maleta con las mangas de las camisas saliéndosele por los lados; se iría a un hotel apestoso y luego alquilaría un departamento amueblado. ¿Mi vida iba a cambiar pronto? ¿Tendría que escoger entre mi papá y mi mamá para vivir con alguno de los dos? ¿A quién escogería? ¿Sería bueno ir con una gitana para que me leyera la mano? ¿Me estaba haciendo demasiadas preguntas tontas?

Mi mamá sacó su monedero y me dio un billete enrollado, sin fijarse de cuánto era. ¡Cha, qué maravilla! Si mis papás se iban a poner así de buena onda conmigo por andar peleándose, pues que se pelearan en serio, mientras me hicieran feliz… Conocía a varios hijos de divorciados y las ventajas que tenía ser uno de ellos. Mi amigo el Pollo, por ejemplo, siempre presumía, con tremenda sonrisota, que desde que sus papás se separaron él hacía lo que se le pegaba la gana: llegaba a dormir con uno o con otro, según le conviniera.

—Les manejas la culpa y pagan cumpliéndote cualquier capricho. Que se te antoja el último videojuego: lo tienes; que se te antoja una tableta nueva: la tienes; ¿el iPhone quince, ultradelgado y ultrachido?: es tuyo. Lo que quieras. ¡Esto es el paraíso, mi querido Bosco! ¡El paraíso!

Yo no podía esperar a que mis papás dieran el gran paso. Por mí que ni se preocuparan. ¡Adelante! Tendría dos bolsillos, culposos y generosos, dispuestos a satisfacer mis deseos. Todavía se me ocurrió que hasta podía darles un empujoncito. No sé, podía salirle a mi mamá con:

—Creo que vi a mi papá entrando a un restaurante con una muchacha muy bonita, pero no me hagas caso, a lo mejor ni era él.

Salí contento de casa. Ya ni me pesaba la idea de tener que adaptarme a la nueva escuela y a los nuevos compañeros, que sólo eran unos pesados, como en las otras. Por primera vez me gustó la sensación de tener nueva escuela, porque pronto también gozaría de una nueva vida al ser hijo de padres separados. Además, traía dinero en el bolsillo. ¿Qué más podía desear?

Antes de entrar a la escuela pasé a comprar una buena provisión de chetos. El día iba a ser largo, y aguantar el rollo de los maestros requería llenar mis alforjas con sustancias altamente alimenticias. Para variar, no había quien atendiera las dos cajas del minisúper. Traía las manos llenas de bolsas y se me hacía tarde. Podía haber salido sin pagar y ni quién dijera nada.

—¡Eh!, ¿hay alguien que cobre?

¡Cha!, nadie contestó. Empecé a enojarme porque se hacía tarde y no quería perder la primera clase y ganar un primer reporte de inasistencia. A los tres reportes, llamaban a mis papás y, bueno, ¿para qué complicarse más la vida? Me resigné a abandonar la bolsota de chetos, con el dolor de mi corazón. A cambio, guardé una minibolsa de cacahuates en el bolsillo del pantalón; así, no sólo perderían un cliente sino también unos cacahuates como compensación. Cuando salía de prisa, alcancé a ver algo por el espejo retrovisor de esos que usan para vigilar a los rateros: el empleado, con su ridículo uniforme rojo y amarillo, estaba acostado detrás del mostrador. Me indigné pensando que debía haberse quedado tan dormido, profundamente dormido, para que ni siquiera escuchara mis gritos.

Llegué rayando, casi me revientan la nariz de un portazo. Mi segundo día transcurrió sin incidentes llamativos como los del día anterior. Qué lástima. Estuvo tan tranquilo que sólo podía anotar dos cosas. Primero, que el maestro que se puso mal fue a parar al hospital. Nos dijeron que no sabían si se intoxicó con los famosos tacos de sesos de la esquina ¿o qué? Lo sustituyó una maestra que nada más nos puso a leer el capítulo del libro más aburrido que encontró en la biblioteca. Segundo, la chica que me miraba en la cafetería estaba en mi grupo, y yo ni me había dado cuenta.

Ah, y bueno, en tercer lugar: Marx el de los Memes no había ido a la escuela porque estaba resfriado. ¡Maravilloso!

De regreso a casa me encontré nada menos que al Pollo. ¿Casualidad? ¿Lo había yo invocado por estar pensando en él? No creo en esas cosas, pero aproveché para preguntarle si seguía tan contento con sus papás separados y él, claro, se lució para que me muriera de envidia. Me contó las fiestas a las que había ido y los ligues que, según él, había conseguido en cada una. Era un poco desesperante que echara tanto rollo. Me di cuenta de que exageraba o mentía, con tal de hacerse el interesante. Se había hecho de una reputación y quería mantenerla, alimentarla, agigantarla. Se notaba a miles de kilómetros. Mientras lo miraba y hacía como que seguía escuchándolo, se me ocurrió que si yo estuviera en su lugar, me dedicaría a gozar de mi vida en vez de convertirme en un pesado. ¿Para qué dedicarse a contar el dinero frente a los pobres, en vez de gastarlo?

Se hacía un poco tarde, el aire estaba helado, y mucha gente pasaba por la calle donde estábamos parados, cerca de una farmacia. Parecía la hora de las ofertas o algo así, porque muchos entraban de prisa y salían con bolsas retacadas. En una de ésas, hasta hubo jaloneos cerca de nosotros y una señora nos empujó. "De veras que la gente se pone muy mal con eso de los descuentos", pensé.

—Sale, mi Pollo. Luego nos vemos porque aquí estorbamos —y aproveché desvergonzadamente para escabullirme entre la bola de gente.

#¿SeSeparan?

Mi papá cruzó el pasillo de la entrada de la casa como un fantasma, ni siquiera escuché cuando abrió la puerta. Llegó con un gesto que no pude descifrar. Estaba con la quesadilla en la boca y lo vi ir directamente hacia mi mamá, sin decir palabra. Ella se levantó, se metieron a su cuarto, rodeados de misterio, y luego salieron. Se veían distintos.
—Tenemos algo que decirte. Siéntate, por favor —dijo mi papá, tan nervioso que no se dio cuenta de que yo ya estaba sentado.
Fingí sorpresa. Me dio el tic nervioso del cuello, este que me hace mover la cabeza como si el hombre invisible me tocara el hombro desde atrás. Era pura emoción, impaciencia. Sentí un hormigueo subiendo por las piernas hasta la columna.
—No queremos que te inquietes.
—No, ¿por qué iba a inquietarme?
—Siempre es mejor hablar las cosas a tiempo —intervino mi mamá.
—Es que al principio tenía mis dudas. Debía estar absolutamente seguro. Con esos temas no se juega; no se puede ser irresponsable y dejar correr rumores; falsas versiones alarmistas

—mi papá se daba un aire de importancia verdaderamente insoportable.

—¿Pero qué pasa?, ya me están asustando.

—Eso es lo que queremos evitar.

—Pero a la vez debemos ser responsables —agregó mi mamá, como si hubiera hecho falta, con tono de maestra.

Mi papá empezó a caminar alrededor de la mesa con los dedos entrelazados sobre su estómago, con una pose, también, de maestro; de maestro que no sabe cómo explicarles a sus alumnos algo que de seguro no les entrará en la cabeza. Ya me estaba mareando con sus vueltas. "Bonita forma de empezar su drama", pensé.

—¡Bueno, díganme de una vez! ¿Qué es todo esto? —y sí que me estaba poniendo ansioso. Para decir que se iban a separar, andaban como changos escondiéndose entre las ramas.

—Resulta que, desde hace un par de semanas, empezaron a llegar a los laboratorios algunos cultivos para análisis. Al principio, no había nada raro. Los médicos querían estar seguros, nada más. Como toma su tiempo hacer esas pruebas, tan específicas, no les dimos mucha importancia. Simplemente era para saber exactamente de qué se trataba. De hecho, todavía ni siquiera estamos seguros. Ya se mandaron a hacer dobles pruebas a otros laboratorios, para reducir el margen de error...

—¿Y eso qué tiene que ver conmigo... digo, con nosotros? ¿Por qué me lo cuentas?

—Aquí viene lo difícil. ¿Te acuerdas que hace unos años hubo una alerta por una supuesta epidemia de influenza? Estabas chico. Yo creo que...

—Recuerdo que en la escuela nos pusieron a hacer tapabocas.

—Hubo pánico y la gente se encerró en sus casas. Por suerte, esa vez no pasó a mayores. No hubo tantos muertos como se esperaba. En algún momento creímos que se desataría una pandemia. Son catástrofes cíclicas y hace mucho que no se da una de gran tamaño. Temíamos lo peor.

—¡Cha!

—El gobierno se dio cuenta de que el remedio resultó más costoso que la enfermedad. Por eso, ahora no se quiere adelantar hasta no saber bien de qué se trata.

—Estamos vacunados contra la influenza, papá. Tú mismo nos vacunaste.

—Pero no contra esta cepa… Si es que se trata de influenza. Además, no sólo se trata de nosotros. No hay que ser tan egoístas.

—¿Entonces, qué virus es?

—Bien a bien, no sabemos a qué nos enfrentamos. No se ha identificado plenamente. Uno de los problemas es que, como el frío de este invierno se prolongó, hay mucha gente con simples catarros y otros con influenza común. Pero entre tantos enfermos, se han detectado algunos casos atípicos, que nos llaman la atención. Ellos presentan síntomas que pueden ser violentos.

—Como…

—Fiebre súbita, dolor de huesos, conjuntivitis, vómito y hasta convulsiones, entre otros menos notorios.

—¿Ha habido muchos de esos casos? —preguntó mi mamá.

—En los laboratorios, creemos que se trata de una mutación o de una posible combinación de virus. O, peor aún, la reactivación de un virus que se creía extinto.

—¿Ha habido muchos casos? —volvió a preguntar mi mamá, tratando de meterse de nuevo en la conversación, pero mi papá hizo como si ella no existiera.

—Podría tratarse de la reactivación de un virus que no aparece desde principios del siglo veinte. El virus de la famosa gripe española, nada menos que la peor pandemia de la historia, que tuvo más víctimas que la mismísima peste negra: estamos hablando de entre cincuenta y cien millones de personas muertas. En aquel entonces, se desató una histeria mundial. Hubo toque de queda en las ciudades y detenciones de gente sin mascarilla. Fue apocalíptico.

Se hizo un silencio mientras a mi papá le regresaban a su lugar los ojos, porque se le estaban saltando, como en las caricaturas.

—¿Un virus zombi? Los zombis sólo existen en las pelis.

—Una hipótesis que suena de película, pero que no es imposible que suceda. Se congeló tejido humano con aquel virus para estudiarlo.

—Hubieran quemado todos los cuerpos y así habrían acabado con él de una vez por todas.

—Los virus congelados son material valiosísimo para los laboratorios privados. Imagínate el valor de una vacuna para un virus capaz de matar a una buena parte de la humanidad.

—¡Valdría millones de dólares!

—¡No: millones de vidas humanas!

—Pues es que hubieran matado al virus y ya. ¿Para qué tanto rollo?

—Es posible que el virus haya escapado de un laboratorio, pero también es posible que haya saltado de una persona a otra, de una generación a otra y... También entre personas y animales...

—Se me enchina la piel nada más de pensar en que esos virus anden por aquí revoloteando como malos bichos —dijo mi mamá abrazándose ella solita.

—Aunque no lo creas, es más complicado de lo que parece. Para empezar, los virólogos ni siquiera se ponen de acuerdo en decidir si un virus es un ente vivo o no; les llaman organismos al límite de la vida. Y si a esto le agregas la posibilidad siempre latente de que la muestra de un virus congelado en un laboratorio durante décadas haya escapado...

Mi mamá empalideció. Se hizo chiquita. Mi papá la miró.

—Pero eso es especular demasiado. No nos adelantemos. No tenemos pruebas científicas de nada. Sólo vigilamos su comportamiento. En los laboratorios hay un ambiente tenso. Nadie quiere contagiarse con un posible virus tan peligroso. Ni siquiera estamos seguros de cómo se transmite... Porque si se transmite como la influenza, estamos perdidos.

Me dio otro de esos malditos jalones de cuello y me sentí ridículo provocando una pequeña reacción en cadena, porque mis papás voltearon hacia donde yo volteé sin querer. Me puse rojo. Han de haber pensado: "Ya está viendo a su hermanita imaginaria".

—Lo que les confío no puede salir de esta casa. ¿Comprenden? —mi papá se estaba haciendo el interesante, demasiado interesante—. No hay nada confirmado. Si se corre el rumor, podría convertirse en un peligro.

—No, no pienso andar diciendo nada por ahí. De todos modos, no hablo con nadie en mi escuela. No he hecho amigos.

—¿Pero entonces qué hacemos? —preguntó mi mamá.

Mi papá ni la escuchó. Levantó su dedo hacia mí y me apuntó.

—Necesitaba decírselo a ustedes, por si algo sucede. Y, en ese caso, espero que, *espero* —se detuvo tanto en esa palabra que me empecé a poner de malas— que al menos una vez en tu vida te comportes con seriedad, a la altura de las circunstancias. ¿Puedo esperar eso de ti? ¿Podrías ser un poco más maduro?

—Sí, papá.

A pesar de que le contesté bajando la cara, se escuchó claramente en el comedor, pero mi papá hizo como si no oyera nada y me siguió apuntando con su dedo.

—¿Podrás cuidarte tú y cuidar a tu mamá? Aunque sólo sea por esta posible crisis, que esperemos no se llegue a dar.

—¡Ya te dije que sí!

—Las próximas semanas, ya nos advirtieron, es probable que venga una sobrecarga de trabajo y ya estoy comprometido si se presenta. Estaré al pie del cañón.

Empecé a odiar a mi papá desde que me pidió que fuera un poco más maduro. ¡Si yo ya era bastante maduro!, ¿o no? ¿Qué quieren ustedes?, eso creía yo: que era el colmo de la madurez. Me entraron unas ganas locas de volcar la mesa y salir corriendo. Una furia me llegó de no sé dónde. ¿Estaba enojado porque no se iban a separar o porque mi papá me estaba pidiendo que fuera alguien maduro? En vez de volcar la mesa, me quedé callado. Sentí la mirada de mi hermanita sobre mi hombro. Ella observaba lo que sucedía y estaba seria, muy seria.

—Papá está preocupado y tú te enojas —dijo con su inocente voz.

Tuve que tragarme la furia. Yo hubiera sido capaz de enfrentar a mi papá, en ese mismo momento, y hacerle un gran pancho, pero jamás podría hacer una escena frente a mi hermanita, mi adorada Iris.

—Una cosa sí tengo que decirles. Deben tomar las precauciones necesarias para evitar un contagio…

—Pero si tú mismo dijiste que no saben cómo se contagia. Es más, que ni siquiera saben qué tipo de virus es.

—No sabemos incluso si es un virus o se trata de una coincidencia que haya varios enfermos similares, pero sin diagnóstico preciso.

—¡Ahí está!

—Nos tenemos que cuidar. No es que sea pesimista, pero vamos a suponer el peor escenario: estamos ante una pandemia de influenza y hay que evitar el saludo de beso, los estornudos, y hay que lavarse las manos constantemente.

Ya no soportaba escuchar más a mi papá. Estaba harto. Me levanté de la mesa; al hacerlo, quedamos frente a frente, y él me miró como nunca lo había hecho en su vida. Y lo digo en serio: me miró como nunca, porque algo había cambiado entre los dos; algo era diferente desde la última vez que estuvimos así de cerca el uno del otro. Hasta podía sentir su aliento. No me gustó nada. Me dio un escalofrío. Mi papá sonrió:

—¿Te das cuenta de que ya eres más alto que yo?

De nuevo me entró la furia. ¿Por qué tenía que decírmelo en ese momento? Sentí ganas de salir corriendo de ahí y dejar a mi papá con su idiota paranoia. Mi papá se estaba portando como un loco de esos que acaban por encerrar a su familia. ¡Cha!, estaba yo atrapado entre mi papá y la mesa. Iris seguía mirando, así que mejor me fui a mi cuarto, directo, sin despedirme. Me metí a la cama y me tapé hasta la cabeza con las cobijas. Pasé una mala noche, pésima, dando vueltas en la cama. En vez de que me encontrara al principio de mi libertad, mi verdadera libertad; en vez de que mis papás se separaran y me regalaran dos casas para elegir cada vez que yo quisiera irme una temporada a una o a otra; en vez de que ellos pagaran por su culpa, volviéndose más generosos conmigo; en vez de todo eso, mi papá me exigía madurez; ¡mi papá quería quitarme la poca libertad que yo tenía! ¡Cha!, ¿pero qué se creía él?

#PosiciónFetal

Muerto, lo que se dice muerto. Con todo y sus mitocondrias, que no lo pudieron salvar. Muerto él y cada uno de sus orgánulos y blástulas. Muerto, requetemuerto. El maestro del que ni siquiera me había aprendido su nombre, ya estaba tan frío como sus clases. Así lo anunciaba el obituario clavado con una chincheta negra en el corcho de la entrada. Más tarde colgaron un moño negro en la entrada.

—¡Qué mala noticia, ahora nos van a dejar a la sustituta de fijo!

¡Oh, no!, era la chica que había visto en la cafetería y luego en mi salón. Estaba parada detrás de mí. Ni cómo escapar. Estaba entre ella y la pared. Respondí sólo con un gruñido, como diciendo: "Te contesto a fuerzas, ¿de acuerdo?, pero no creas que tengo el menor deseo de socializar".

Como ella no se movía, estuve a punto de decirle que se hiciera a un lado para dejarme pasar. En eso llegó el orangután que me había quitado del mesabanco. Luego supe que le decían el Simio. Y vaya que le iba a la perfección el apodo. Tengo un rollo con los nombres de las personas; casi no me acuerdo cómo se llama la gente, o confundo sus nombres. Pero sus apodos sí que se me quedan estampados en el cerebelo como tatuajes imborrables. Sólo existía un nombre sagrado, intocable: el de mi hermanita Iris.

Pues el Simio comenzó a hacerse el chistoso con lo del maestro. Que su mejor lección había sido cómo estirar la pata; que ojalá más maestros siguieran su ejemplo y bla, bla, bla. Se carcajeó, aplaudió y pataleó como un primate hecho y contrahecho.

—¡Vivan los tacos de sesos! ¡Mueran los maestros sin sesos!

Era tan desagradable que salpicaba gotitas de saliva cada vez que hablaba. Recordé lo que dijo mi papá acerca de cuidarse de la baba de los demás y, a pesar de que no creí que fuera más que pura paranoia suya, mi antipatía hacia el Simio se elevó a niveles insoportables.

Yo creo que nada más por llevarle la contraria (yo hubiera hecho lo mismo), la chica que estaba detrás de mí le dijo que no le veía la gracia a burlarse de alguien muerto.

—¿Por qué no se lo dijiste en su cara cuando estaba vivo? ¡Porque eres un cobarde, por eso!

—¿Cuál es tu problema, Moscamuerta? No te metas en lo que no te importa. ¿O sólo porque eres una mosca verde y gorda te importan los muertos? —y, diciendo esto, la jaló del cabello.

Era la segunda vez que me las veía con el Simio. Yo ni siquiera pensé lo que hice, fue como en automático. Había llegado a odiar la violencia, sobre todo después de las expulsiones de las otras escuelas. La única violencia que aceptaba era la de las pelis, ésa siempre ha sido mi perdición, y la admiro a rabiar. Puse mi mano sobre la muñeca del Simio y la apreté con todas mis fuerzas. Pero claro, yo nunca fui a ningún gimnasio ni levantaba tambos para forrarme de músculos, así es que imagínense. Al primero de sus manotazos, salí volando como un muñeco de trapo. No sé qué me dolió más, si el golpe que me di en el suelo o el orgullo. Me avergüenza confesar que incluso se me salieron algunas lágrimas. No fue mi mejor momento.

El Simio no se dio cuenta de que lloré, qué bueno, porque hubiera sido tremenda su burla; se fue muy orondo de lo que había hecho. No cabía de contento por los pasillos de la escuela. ¡Qué horror!, así es el mal, camina tan campante por la vida y ni quien lo detenga. Por eso me gustan las pelis. Si hubiéramos estado en una peli, yo le habría colocado una de mis patadas voladoras de media vuelta al Simio, y lo hubiera puesto en su lugar. Hubiera sido un héroe frente a una chica ofendida. ¡Cha!, pero no: sólo era yo, interpretando mi propio papel, en el suelo y sobándome el codo.

—¿Moscamuerta?, ¿por qué Moscamuerta? —le pregunté cuando se sentó junto a mí y puso su mano en mi cabeza para consolarme o algo así.

—Ya ves cómo son. No me río de sus chistes, eso es todo.

—¿Tú estás bien? —quise asegurarme.

—¿Yo? Perfecta. Se me olvidó que no quiero problemas, si no, ni la contaba ese estúpido Simio.

Moscamuerta me dio su pañuelo y me soné los mocos. Hubiera deseado que más bien me dejara solo, pero su pañuelo era bastante útil. Cuando moqueo, lo hago a conciencia, se me sale el cerebro por la nariz.

—Yo tampoco me río de los chistes de mucha gente, y por eso me dejan fuera de sus grupitos —dije con voz pastosa, voz mocosa.
—Suele pasarme donde quiera que voy. Ya estoy acostumbrada.
—Ya somos dos. Hasta podríamos ser amigos.
—Y dejaríamos de serlo cuando no te rieras al primer chiste.
De pronto me dio por decir:
—No lloraré las alegrías; no reiré de mis penas.
—¿Es un poema o una canción?
—No es nada. Se me ocurrió. Debe ser por estar así, moqueando.
—No, en serio. ¿Te gusta la poesía?
Yo continuaba en el suelo, en posición fetal, sin la menor intención de levantarme. Ya podían llevarme en camilla para tomar cada una de mis clases así; respondería la lista y las preguntas tontas de los maestros, así. Luego me llevarían a mi casa y le diría "Hola, qué tal" a mi mamá, en posición fetal, y cenaría y masticaría en posición fetal. Haría mi tarea en posición fetal, discutiría con mi papá en posición fetal. Luego me lavaría los dientes con la espuma chorreando de lado; vería un poco de tele, de lado, y me dormiría así, sin tener que cambiar de posición. Yo sabría ser fiel a mi posición fetal. A la mañana siguiente me llevarían de nuevo a la escuela y me pasaría el día en posición fetal. ¿Y si de aquí en adelante vivía mi vida así, en posición fetal?
Alguna vez un desorientador escolar me preguntó:
—¿Cuál es tu postura ante la vida?
No supe qué responderle. Ahora, sin duda, le hubiera respondido:

—¡Fetal! ¡Quiero que mi postura ante la vida sea fetal!

Avanzaría en mis estudios y me graduaría en posición fetal; estudiaría posgrados al por mayor y acumularía sabiduría en posición fetal. Renunciaría a un importante cargo dentro de la universidad para irme a despachar gasolina en posición fetal. Me enamoraría de la cajera y le declararía mi amor en posición fetal. Una mañana gris, le respondería al juez: "Sí acepto", en posición fetal. Y así presenciaría el parto de mis hijos, que nacerían en posición fetal, pero ellos sí se levantarían, uno a uno. Luego de muchos gritos y platos rotos: "¡Eres un inútil!, ¡es que no te piensas parar nunca!", me divorciaría en posición fetal. Me alquilaría a un circo para que exhibieran al Hombre Que Vive En Posición Fetal y ganaría harta fama y dinero. Ya viejo, recibiría a mis nietos y ellos preguntarían: "¿Por qué el abuelo está en posición fetal?". Al final, moriría mi muerte en posición fetal, y nada se habría perdido, ni siquiera el esfuerzo, la energía para estirar mi cuerpo.

Pero Moscamuerta interrumpió mis densos sueños fetales con sus bruscos jaloneos. Estaba dispuesta a llevarme a rastras hasta el salón, y lo hubiera conseguido, si no es porque a medio camino me levanto, como un lázaro cualquiera, frente a la bola de babosos que nos miran complacidos. Pues sí, me levanto, me sacudo y digo:

—Aquí no ha pasado nada —y les enseño el dedo a todos.

#Moscamuerta

¿Qué podía decir de ella? La primera vez que vi a Moscamuerta, parecía una niña. Quizá por eso me cayó mal. Quizá por eso me cayó bien. Moscamuerta parecía niña, pero pegaba como patada de mula. Sin decir nada, ya te estaba fracturando un brazo, hundiéndote los ojos en el cráneo o, mínimo, dejándote sin aire hasta que te desmayaras, porque entrenó krav maga para defenderse de tanto maloso. Conocía no sé cuántos puntos en el cuerpo de un atacante que, nada más con ponerle un dedo encima, lo paralizaría al segundo. Mi famosa patada voladora de media vuelta era de risa loca en comparación con lo que ella era capaz de hacer. Aparte de que mi patada era sólo de peli.

—¿Entonces, por qué no le partiste la cara al Simio, en vez de dejar que yo hiciera el ridículo aquella vez? —le pregunté más adelante, cuando supe que ella era la verdadera Kill Bill.

—No valía la pena.

—¡Cha!

—Además, no estaríamos hablando ahorita. ¡Me hubieran expulsado!

Moscamuerta me pareció pequeña, de ojos agudos como aguijones. De cerca, sus iris se volvían dos trampas: cualquiera podía ahogarse en el espeso y fresco verdiazul de sus ojos de enjuague bucal marca Listerine. Cualquiera podía ahogarse en sus ojos, pero para eso, uno debía acercarse demasiado, pararse al borde de sus profundas fosas verdiazules, y ella no se lo permitía a nadie. De lejos, sus ojos, pequeños como dos ranuras semicurvas, no al estilo oriental, sino como de alguna raza proveniente de otro planeta, estaban protegidos por largas pestañas negras que se abrían y cerraban igual que una planta carnívora. Moscamuerta era tremendamente sexi, pero sabía disimularlo a la perfección; no al grado de llegar a verse fea, sino mimética. Su piel era como un uniforme de camuflaje.

Y no era que a Moscamuerta no la pelaran en la prepa; no era que le hicieran bullying; era que ella no dejaba acercarse a cualquiera. Moscamuerta, como su propia cadenera, mantenía a raya a los compañeros, sabía bien cómo hacerlo. Y de tanto no dejar pasar a nadie, comenzaron a olvidarla. Dejaron de hablar de ella... dejaron de hablar con ella, incluso para chismear a sus costillas. Con el tiempo, consiguió lo que deseaba: que nadie la molestara.

Moscamuerta pasaba por mosca muerta. Se disimulaba en el paisaje. Se deslizaba por las paredes de la escuela. Cada vez que lo deseaba, se convertía en un simple reflejo y, entonces, te mirabas como en el cristal de la ventana de una casa abandonada.

Desde el principio, supe que un punto a favor de Moscamuerta era que sus papás ¡sí! estaban separados, divididos, perfectamente aislados uno del otro. Estaban tan, pero tan divorciados, que no se hablaban entre sí y no se podían ver ni por Zoom. Moscamuerta hacía de mensajera. Entonces, ella cruzaba el abismo entre sus padres, yendo del penthouse de uno a la casa de la otra, aprovechando los puntos ciegos para su propio y egoísta placer. Iba y le contaba a su papá las historias más estrambóticas para que le diera dinero. Le decía a su papá, por Zoom, que su mamá le mandaba pedir para el mango de la chuncheta que se le había roto y de inmediato él le hacía una transferencia; le decía que necesitaba inscribirse en unas clases de mandarín porque quería leer las galletas de la suerte; que se iba a cazar auroras boreales a la sierra con un grupo de guerrilleros; que necesitaba un ukelele porque estaba formando un cuarteto de cuerdas con los pigmeos. Ellos no sospechaban nada o… simplemente, les valía un rábano lo que Moscamuerta hiciera. Cuando conocí a Moscamuerta, estaba pasando una temporada en la casa de su papá, simplemente porque era grande, cómoda y él casi nunca llegaba, por andar de viaje de negocios.

A Moscamuerta ni siquiera le interesaba el dinero, lo usaba como mero pasatiempo. Se vestía con ropa usada, de paca; la compraba por kilo y, por angas o por mangas (como dice mi mamá), nunca coincidía con su talla. Un día se coló en un casino, mezclándose con un grupo de señoras jubiladas, y ni se dieron cuenta de que era menor de edad. Cambió miles de pesos en pilas de fichas de colores y las perdió todas excepto una, que agujeró y desde entonces usaba como medalla en su cadena al cuello.

Lo mejor de Moscamuerta fue que a Iris le cayó estupendamente, casi desde el principio, porque a ella también la había engañado primero con su personalidad camuflada. Al principio la vio con la desconfianza de la hermanita celosa, pero ya como al tercer día, me confesó:

—Hasta podríamos ser amigas.

—¡Claro, cómo no! Mi hermanita fantasma y la elusiva chica apodada Moscamuerta. Formarían una pareja bomba —le contesté.

—Dirás: un trío explosivo.

Iris tenía razón. Un trío de locos. Un trío de dos.

#PiensoEnLaLinfa

—¿Te gusta la poesía? —me acribilló impunemente, descaradamente, a media clase, susurrándomelo al oído mientras me picaba las costillas.

Su ocurrencia fue tan oportuna, mientras yo babeaba de pura aburrición, que estuve a punto de echar a perder las cosas, soltando una carcajada que apenas pude disimular con una tos como de tarado. La maestra me echó ojos de fusil de asalto, pero antes de disparar, se distrajo recordando la tarea que nos iba a dejar.

—Odio la poesía. Odio los libros. Odio a la gente que lee mucho —le contesté mientras caminábamos aprisa para alejarnos lo más pronto posible de la escuela.

Moscamuerta hizo un gesto que no pude interpretar. No supe si era una sonrisa o si me quería ahorcar ahí mismo. Me tomó de la mano, retorciéndomela, y yo:

—¡Qué!

Y no me soltó mientras me conducía entre un laberinto de puestos callejeros, coches estacionados sobre la banqueta, coladeras destapadas, jardineras protegidas con alambre de púas. Esquivamos dos que tres diablitos que nos querían planchar los callos, para entrar en un edificio que guardaba una humedad que olía a bosque antiguo. No sé cómo demonios sería un bosque antiguo, pero de existir, así olería.

¿Dónde vivía Moscamuerta? Ella sacó de su sostén una llave plateada, corta y plana, con hendiduras circulares y sutiles, y la encajó en el tablero del elevador como si acuchillara a alguien. La giró no sé cuántos grados a la derecha y de inmediato las puertas se cerraron y sentí el jalón que nos llevó hasta el último piso a una velocidad de vértigo. Al llegar, ella retiró la llave; se veía que no era una llave fácil de falsificar. Se abrieron las puertas y pensé, o más bien, sentí: "Esto es el paraíso". Un penthouse por encima de la podredumbre de las calles; por encima de la cochina gente; por encima de la escuela y nuestros queridos compañeros; por encima del Simio, de Marx el de los Memes; por encima, incluso, de mis papás.

Moscamuerta bien que se las traía. Era una reina en aquel elevado trono, donde gastamos horas revisando sus nuevos videojuegos. Tenía una colección de locura. Cuando me enseñó la edición dorada de *Dark souls,* casi me desmayo. Pero luego dijo que, en realidad, los videojuegos siempre acababan por aburrirle y quería mostrarme algo.

Todo paraíso guarda su pequeño infierno, y éste no era la excepción. Me llevó a una sala tapizada de libros, desde el suelo hasta el techo. Las paredes tenían unos tres metros de alto, por lo menos. Sólo cuando me dejaron castigado dentro de la biblioteca de una de las tantas escuelas que recorrí, había visto algo así. Había una escalera corrediza para alcanzar cualquiera de los entrepaños. Qué maldita decepción. Creí que bromeaba, pero no.

—¡Cha! ¿Para qué me traes aquí? Los libros me aburren. Me choca la escuela. Huyo de las escuelas.

—¿Qué tienen que ver los libros con la escuela?... Dijiste que no te gustaba la poesía.

—He leído como tres libros en mi vida, y son suficientes. Ninguno de poesía.

—¿Entonces cómo puedes decir que no te gusta?

—He leído poemas en blogs ridículos, cursis. Internet está plagado de poemitas. La gente los escupe por aquí y por allá. No sólo no me gusta la poesía, tampoco me gusta la gente que lee mucho. La vida no está encerrada en los libros, ¡por favor! Hay que tener experiencias. A mí me gustan las pelis.

Creo que mi odio poemil no era bien recibido en el paraíso de Moscamuerta. Ella me echó una mirada como para perforarme el cráneo, con todo y la pared de atrás. El color Listerine de sus iris se puso fosforescente. Le hablé de *El último chango en París* y me contestó, con tono fúrico, que ese libro ni siquiera existía.

—A lo mejor se llamaba de otra manera.

—A lo mejor te lo estás inventando.

—Bueno, ya me voy.

Me acompañó al elevador para encajarle de nuevo su llave al tablero.

—Toma —dijo y me golpeó el estómago con un libro que quién sabe de dónde había sacado.

—Pero yo ni...

—¡Léelo y me cuentas!

Esa noche, y sólo porque el insomnio se me trepaba como octópodo, tomé el libro de Moscamuerta. Cuando llegué, lo había aventado al suelo y se deslizó junto a mi cama. Había pensado regresárselo y mentirle descaradamente; decirle que lo había leído y ya, para que se quedara tranquila.

La portada era intrigante. Eso que ni qué. Una mujer con un vestido antiguo y largos brazos, desproporcionados, acariciaba un cráneo enorme que estaba dentro de un cofre. Del mismo cofre salía el esqueleto de un niño, que a su vez miraba hacia otra mujer, con la mitad del cuerpo descarnado. Detrás de estos personajes había un espejo con un marco labrado en madera y coronado por dos cráneos. *Antología de la poesía macabra* era el título. ¿De dónde salía esa afición por la muerte? Lo abrí al azar:

> ¡A LA SALUD DE LOS MUERTOS!
> Sobre un arroyo negro de linfa pantanosa
> se eleva el puente del misterio;
> se recorta, lejana, la mancha verdinosa
> del cipresal del cementerio…

¡Cha, qué cosa! De un tal Emilio Carrere. No empezaba mal. Pero, ¿qué demonios era "linfa"? ¿Por qué no podían escribir con palabras que uno entendiera? Me dormí pensando en eso de la "linfa".

#¡NoHayEpidemia!

Recuerdo que esa mañana, nada más despertar, me cayó encima el tedio, como una oscura mantarraya que me asfixiaba. Me habían aceptado en la escuela, a pesar de que en lo profundo de mí había ese deseo de que me rechazaran y de una vez cumplieran la amenaza de mandarme de cargador al mercado; había hecho una amiga, ¡cha!, y dicha amiga estaba tratando de adoctrinarme (¡horror!), para que leyera poesía. Estaba aburrido de los maestros, de las clases y de mis compañeros, con sus ropas hediondas a detergente, ese maldito perfume de la clase media que grita:

—¡Estamos limpios, estamos limpios! Jamás la porquería ha tocado nuestra blanca piel.

Deseé que algo gordo sucediera; algo que me cimbrara de pies a cabeza. Salí de casa a las carreras. Mi mamá no había preparado ningún desayuno y me moría de hambre. Es más, no se había levantado porque mi papá llegó, otra vez, como a las tres de la mañana. Entre sueños los oí hablando a esas horas, muy misteriosos ellos:

—Ya pasaron la iniciativa. Está a punto de aprobarse...

En la escuela, busqué a Moscamuerta para regresarle su libro y acabar de una vez con el maldito asunto. La vi venir por el pasillo. Caminaba hacia mí y yo hacia ella. Pero no pensaba detenerme; no se me había borrado el enojo. Al cruzarnos, en una sincronía perfecta, como dos espías en tiempos de la Guerra Fría, intercambiamos libros. Sí, porque justo cuando le regresaba el suyo, poniéndoselo fresca y elegantemente en su mano izquierda, como un monedero o algo así, ella me incrustó uno nuevo bajo la axila. Todo sucedió sin decir palabra, para seguir cada quien su camino.

¡Cha!, el suplicio de las clases comenzó. Estaba yo sentado hasta el fondo del salón y para distraerme me puse a mirar el nuevo libro: una portada blanca con caracteres chinos. Lo abrí al azar. Era una edición bilingüe: *Haikus en el corredor de la muerte*. Había más ideogramas. Y no, no eran chinos, sino japoneses.

Tras los ojos
cerrándolos entreveo
fuego para difuntos.

El poema fue escrito por un condenado a la horca poco antes de ser colgado. "Qué obsesión con la muerte se trae Moscamuerta", pensé. No pude ni acabar con mis profundas reflexiones sobre el minipoema, cuando el sonido de la puerta abriéndose de sopetón resonó en el aula. Había llegado la mensajera del mal, la prefecta, mejor conocida como doña Perfecta, entre la comunidad caníbal de mi gloriosa nueva escuela. Tan agitada estaba que, luego de haber azotado la puerta, tuvo que jalar aire para decir lo que tenía que decir. Nos dejó en suspenso, incluyendo a la sustituta que teníamos como maestra.

—El director quiere comunicarles que se encuentra estable... —tuvo que tomar aire de nuevo—. Y que, desde hoy, el uso de cubrebocas y gel desinfectante en las manos es obligatorio. Me encargó que personalmente les brindara esta información.

De inmediato crecieron en el grupo las exclamaciones de sorpresa. Moscamuerta me miró desde su lugar, con una cara que no decía mucho.

—¿Qué le pasó al señor director? ¿Por qué está en el hospital?

—Tuvo unas complicaciones respiratorias y permanece en terapia intermedia. Pero no quiere que se preocupen por él, sino que presten atención a las medidas de los cartelitos que estamos colocando en los corchos y en los lugares visibles.

—¿Es por lo de la influenza?

—Tenemos que prevenir. Que quede claro: ¡no hay ninguna epidemia!, pero deben saber que ya hay algunos chicos que, al parecer, presentan síntomas y...

—Mi hermano se enfermó ayer y lo tuvieron que llevar a urgencias, pero no saben qué tiene.

—Muchachos: si alguien presenta síntomas, les pedimos que no se presenten en la escuela, para evitar contagios.

—¿Pero qué síntomas?

—Se están repartiendo folletos, aparte de los carteles, y ahí vienen explicados. ¡Me tengo que ir! Todavía me faltan muchos salones. Profesora, le encargo, por favor.

La sustituta era la primera que no sabía ni qué onda. Trató de seguir dando la clase y fue peor. Nadie le hacía caso. El rumor creció y creció entre los compañeros. Alguien sacó su celular (estaba prohibidísimo) y comenzó a buscar información.

—Dicen que los hospitales están saturados de enfermos —berreó una chica con voz de sordina.

Y claro que el Simio aprovechó para hacer mofa y alharaca. Se trepó a la banca y se carcajeó, mientras la sustituta, ofendida, quiso bajarlo. El Simio ni le hizo caso, dijo que era pura paranoia, que él no creía esas jaladas. No conocía a una sola persona enferma y que, además, le habían puesto la vacuna el año pasado.

Algunos contaron que sí conocían gente enferma: desde el que dijo que el primo de un amigo se había muerto hacía poco, hasta el que tenía al propio hermano en el hospital. La clase se convirtió en un debate sobre el tema. Mejor me puse a leer los haikus de los condenados a muerte de Moscamuerta.

Mi teléfono vibró. Era mi papá. Creo que, en la vida, fue el primer mensaje escrito que me mandaba:

Cuida a tu mamá.

#PuraPrecaución

Mi mamá cortaba verduras sobre la barra de la cocina, con la radio puesta a un volumen que te rompía los tímpanos. Pero en vez de escuchar música, se trataba de una sesión de la Cámara de Diputados. Los tipos hablaban, gritaban, discutían, mientras una comentarista, en voz baja, hacía la reseña de lo que pasaba en el recinto legislativo, que más bien parecía una arena de lucha libre.

—¿Por qué oyes ese horror?

—Se está discutiendo algo muy importante. Una iniciativa para...

—Sí, sí, ellos siempre hacen algo importante en la vida. A mí me chocan esos desgraciados.

—Ah, ya me acordé. Te pido que vayas a la farmacia a conseguir cubrebocas. Bueno, después de comer.

Mi mamá cortaba una zanahoria en cámara lenta, hablaba pausadamente, como si tomara las cosas con calma, con una media sonrisa que yo conocía bien. Le dije que aprendiera a respetar a los demás y le bajé un poco el volumen a su escandalera. Me senté frente a la barra y me quedé mirando a mi mamá mientras tomaba una cebolla y le empezaba a quitar la primera capa de piel, luego la segunda y la tercera y todavía seguía pelándola.

—¡Mamá!, ¿qué haces?

—¿Qué parece que hago? ¡La comida!

—¡Pero para mañana! ¿Sabes qué? Voy de una vez por los cubrebocas porque en la escuela pidieron que lleváramos.

Agarré mi chamarra de nuevo y salí a respirar el aire fresco. Para estar prácticamente en primavera, seguía haciendo mucho frío. El clima se estaba volviendo loco. "¿Cuál calentamiento global?", pensé. Al llegar a la cuadra de la farmacia, encontré un gentío. No dejaban entrar a los clientes sino de tres en tres. El tipo con la botarga del doctor de pelo blanco y rechoncho, que siempre estaba ahí afuera, traía un megáfono y, en vez de bailar, daba indicaciones.

—El Tamiflu se agotó, pero tenemos otros medicamentos antivirales que sirven igual. Para que no haga cola, le doy su turno. Sólo le suplico que se ponga a un lado para que deje pasar.

—¡Oiga! —una señora con la cara cubierta por una pañoleta le jaló la camiseta amarilla a la botarga—. ¿Tienen el mismo principio activo?

—Es lo mismo, señora.

—¡Claro que no son lo mismo, si son otros medicamentos!

—Es lo mismo porque ni siquiera sabemos qué tipo de influenza es la que está atacando, señora. El Tamiflu y otros antivirales de su tipo van a servir igual.

—O no servir.

—¿No tiene genéricos de ese que dice? —preguntó otro señor, con cara de angustia.

—Lo que pasa es que la patente se libera hasta fin de mes, y sólo entonces lo pueden fabricar otros laboratorios. Sí va a salir, no se desespere.

—Pero es que nos urge ahorita. Dicen que si no se toma dentro de las primeras…

—¿Ya tiene síntomas? ¿Trae receta? —la botarga del viejito bonachón estaba ahora en su papel de doctor.

—No, es por pura precaución. Queremos tener en casa, para que luego no se agote.

La botarga se acercó al señor angustiado y le dijo algo al oído, algo que nadie más alcanzó a escuchar. Antes de que el señor angustias le pudiera responder, la gente se le echó encima a la botarga, la agarraron a puros jaloneos y reclamos. Yo sólo quería cubrebocas. Con un paquete me conformaba, pero la gente se estaba poniendo agresiva. Me asomé a ver si encontraba otra entrada. El miniconsultorio que atendía pacientes por las tardes estaba cerrado. Había un letrero escrito a mano que decía que los tapabocas estaban agotados. Me acordé de cuando en la primaria nos habían puesto a hacer tapabocas recortando camisetas viejas y decidí regresar a casa.

#ExpediciónAlInteriorDelClóset

Mi mamá seguía cortando verduras. Había juntado una montaña sobre la barra, suficiente para un mes de sopas y guisados vegetarianos, y eso teniendo mucha imaginación, porque a mí me gusta la carne. La radio seguía prendida y algunos locutores, como comentaristas deportivos después de un partido o de una pelea, comentaban con pelos y señales el debate de los diputados. No les bastó con transmitir en vivo el numerito, todavía tenían que repetir paso a paso lo que sucedió, con gran morbo. Había habido gritos, amenazas, pancartas, micrófonos arrebatados, toma de tribuna por distintos partidos y hasta jaloneos. Un diputado salió en ambulancia. No estaba claro si se desmayó, lo golpearon, le dio un ataque cardiaco o qué pasó, pero sólo a partir de entonces se relajaron un poco. Yo creo que nada más se divertían, de lo puro aburrida que es su vida de lujos y monotonía.

"¡Cha!, ojalá los debates en la Cámara fueran de a de veras y a puerta cerrada", pensé. Que a cada diputado le pusieran en la mano un revólver y una cajita de balas para que, entre ellos, se batieran como en el viejo oeste, teniendo derecho sólo a usar sus ridículas butacas como escudos y ¡pum!, ¡pum! Los locutores entonces sí podrían narrar cada debate con verdadera emoción: "¡Señores, ha caído el penúltimo de los diputados defendiendo su curul, qué gran faena la de hoy!". Y se transmitiría como pago por evento, cómo no. Lo recabado serviría para mejorar el transporte público, inaugurar comedores ambulantes, dar wifi gratis y todo eso para lo que deberían servir los impuestos.

Apagué el aparato, ya me tenían harto, y fui directo a encerrarme a mi recámara a hacer lo que mejor sabía hacer: tumbarme en la cama mirando al techo. El corazón me vibró como si le hubieran metido uno de esos motorcitos de lancha de hojalata que mi papá me hacía para que navegaran dando vueltas en una tinaja haciendo ¡pop-pop! No me había quitado la chamarra, una verde olivo que compré en un puesto de ropa militar usada, qué flojo; el celular seguía vibrando en la bolsa de adentro. Moscamuerta me llamaba:

—¿Nos vemos más tarde?, ¡tengo una sorpresa!

—¡Pues ya qué! Te caigo —era viernes y mis planes a solas no hubieran pasado de recetarme una buena tanda de pelis.

Me levanté de la cama, todavía con hambre y medio zombi, y fui directo al clóset para meterme hasta el fondo. Sin pensarlo, comenzaba un viaje por el espacio desconocido de mi ropa arrumbada. Tuve la magnífica idea de no haberme quitado aún la chamarra. En medio de la oscuridad y el sofoco descubrí, como en una excavación arqueológica, capas y capas de ropa de distintas épocas; pantalones, camisetas y tenis que ya no usaba por haber crecido, pero que casi nunca me ponía a revisar: eran rastros de mi historia personal. Podía recordar al menos una anécdota ligada a cada bermuda y a cada camiseta apestosa que iba tanteando. Más que por sus colores, en ese espacio donde sólo se colaba una rendija de luz, reconocía las prendas por su textura y su talla. Varias veces tomé una camiseta de la prehistoria de mi vida, algunas ya ridículamente pequeñas, y me quedé pensando: "¿Se habían encogido por las lavadas o yo había crecido tanto?". Era como husmear entre la ropa de un hermano menor. Nada que ver con mi hermanita, tan etérea que nunca usó ropa y, por lo tanto, no dejó ningún rastro maloliente, como los míos.

Si mi mamá hubiera entrado a mi cuarto en ese momento, habría pensado que ya me había vuelto loco. Estaba sudando a chorros, pujando y gruñendo, pero me daba flojera salir para quitarme la chamarra y volver a meterme. Era como si, una vez comenzado el viaje hacia el espacio interior de mi clóset, sólo pudiera salir de ahí triunfalmente o morir en el intento. Varias veces, ya desesperado, estuve a punto de salirme del clóset con una camiseta en la mano, pero recordaba cualquier tontería relacionada con ella y no, todavía no estaba preparado para desprenderme de ella, de ese pedazo de mi vida. Así estuve no sé cuánto tiempo, peleando conmigo mismo; sin poder decidir cuál iba a utilizar. De pronto encontré una camiseta: *la camiseta*.

Así fue como pude salir de mi expedición al clóset. Y salí siendo otro. Bueno, salí siendo el otro que ya era, pero reforzado.

#JarabeDeChocolate

Una noche escuché la voz de mi hermanita en medio de un sueño. Fue la primera vez que me habló; fue la primera vez que la vi (a pesar de que llegamos a este mundo tomados de la mano), y aunque se trataba de un sueño, fue más real que lo real. Yo tenía un buen rato perdido entre algunas callejuelas y empezaba a oscurecer. Me entraba el pánico de no saber cómo regresar a casa. De pronto, una niña hermosa, con una gran sonrisa, salió a mi encuentro en una esquina y señaló un camino. Ella dijo:
—¡Bosco! ¡Bosco! Por aquí, Bosco.
—¿Quién eres?
—Yo soy Iris. ¡Iris!
Luego ella se rio, y supe de inmediato que era mi hermanita.
—Por aquí, Bosco —me señalaba hacia una bocacalle.
—¿Quién es Bosco? —le pregunté.
—¡Tú, tú eres Bosco!
Y me boté de la risa. Ya saben cómo son los sueños de raros. Uno hace cosas que parecen no tener sentido, pero las hace como si fuera de lo más natural. Sentí cosquillas por todo el cuerpo. De tanto que reí, desperté gritando:

—¡Yo soy Bosco! ¡Yo soy Bosco!

Era de madrugada. Mis papás llegaron corriendo a mi cuarto y abrieron la puerta de sopetón para ver si se estaba incendiando mi cuarto o qué. Yo tenía unos trece años y atravesaba una etapa, digamos, difícil. Difícil para mis papás, por supuesto, no para mí, que no me daba cuenta de las tonterías que hacía a cada rato.

Fue la primera vez que hablé con mi hermanita y estaba como poseído. No podía parar de decir una y otra vez, sentado en mi cama:

—¡Yo soy Bosco! ¡Yo soy Bosco!

Mis papás me miraron con ojos de huevo frito.

—¿Qué te pasa?

—Vi a Iris.

—¿A quién?

—¡A mi hermanita Iris!

Al día siguiente, durante el desayuno, hablaron conmigo; usaban un tono de voz que me exasperaba. Seguro pensaban que yo era tonto o loco. Claro, de chiquito me había caído de cabeza en la carretera.

—¿Conoces al pintor? ¿Has visto cuadros suyos en alguna clase? —preguntó mi papá.

—¿Qué pintor?

—El Bosco.

—No, ¿por qué?

—Por lo que soñaste… ¿Te acuerdas?

—Claro que me acuerdo. Vi a mi hermanita Iris. Ella dijo que yo soy Bosco y me enseñó la salida del laberinto donde estaba perdido.

—Yo creo que…

Mi papá fue al librero por un viejo tomo empolvado de *Maestros de la pintura*, le sopló y lo puso en la mesa, con algunas páginas abiertas. Tuve que admitir que ese tal Bosco estaba bastante enfermo de su cabeza. Sus cuadros, repletos de alucinaciones, seguramente resultaban magníficos para ilustrar cualquier tipo de delirios, pero no los míos.

—Yo creo que por ahí viste algo del Bosco y, sin que te dieras cuenta, se te metió al inconsciente.

—No. No se metió nada de nada. Ese Bosco es genial, pero ni siquiera sabía que existiera, de veras.

A partir de entonces, sucedieron dos cambios importantes en mi vida. Primero: empecé a responder sólo al nombre de Bosco. Si alguien se atrevía a dirigirse a mí con el nombre que escribieron en mi acta de nacimiento, yo simplemente no volteaba, no contestaba, y punto.

—Me llamo Bosco.

Segundo: fuera de sueños, mi hermanita Iris empezó a hablar conmigo, y yo con ella. A veces, simplemente se asomaba detrás de mi hombro, para ver qué estaba yo haciendo: así, sin decir nada, curiosa que era ella.

Mis papás se estuvieron tronando los dedos, no sabían qué hacer conmigo. Una cosa era que a fuerzas quisiera que me llamaran Bosco. "Bueno, compréndalo, por favor —explicaban apenados—, el chico tiene sus extravagancias propias de la edad." Pero otra muy distinta era que me vieran jugando y hablando con el aire. Fue cuando dijeron:

—Mira, alguien quiere platicar contigo, un rato, cada semana. Eso es todo. Te va a ayudar mucho.

—¿Ayudarme a qué? ¿A hacer mis tareas? ¿A cuidar mi bici para que no me la roben?

—A ordenar tus ideas, hijo.

Claro, mi cráneo era una caja llena de ideas tontas, como de cubitos de madera que se habían desordenado a partir de que me caí de cabeza. Me miraban con ojos de lástima y a veces hasta con miedo, pensando que nunca debieron haberme contado acerca de mi hermanita.

—¿Un psicólogo?, ¡pero si no estoy loco!

Otro día, papá llegó muy sonriente a casa y dijo que me traía un regalo. Acababa de regresar de un viaje de trabajo de varios días. Preguntó cómo me estaba yendo con mi amigo el psicólogo y yo hice el gesto más desagradable que pude. Me urgía abrir el regalo, estaba seguro de que se trataba del juego de química que había pedido desde la Navidad pasada y que nunca llegó. Quería fabricar una bomba de olor para ponerla debajo del escritorio de la maestra; ya hasta tenía la fórmula para que apestara a huevo podrido.

—¿Una camiseta de…? ¿Y esto qué es?

—Por fin descifré el enigma. Cuando eras más pequeño, alguna vez compramos este chocolate líquido para preparar con leche o ponerle a los helados. Luego dejaron de venderlo aquí. Ahora creo que nada más hay el de Hershey's.

Tomé uno de los botes de plástico. En el paquete había tres tipos de jarabe de chocolate y una camiseta con el logo de letras rojas y azules, con una línea curva debajo en forma de boca sonriente, de la marca Bosco.

—Bueno, ya tienes la explicación. De aquí sacaste ese nombre. ¡Misterio resuelto! Se acabó.

—¿O sea que no me creen?
—No es eso, es que…
—¡Nunca me creen nada! ¡Nada!

¡Cha!, no quise probar el maldito chocolate, se veía espantoso, ni mucho menos ponerme la camiseta. Aventé, una a una, las botellas contra la pared, pero no se rompieron, sino que rebotaron porque eran de plástico. Entonces me puse a patalear de la rabia. Hice un megaberrinche de tirarme al suelo y gritar hasta marearme.

—¡Ya se privó! —escuché que decían—. Este chico está mal, de veras. ¿Qué haremos con él?

—Habrá que dejarlo en paz.

#¿MeHablasAMí?

Ésa era la camiseta que saqué del fondo del clóset, bajo las capas de ropa de mis otros periodos históricos. Por mucho tiempo me pareció medio diabólica, con esa sonrisa de boca azul estampada al frente, y sus letras rojas y azules, como de payaso del terror. Ésa fue la camiseta vieja que elegí para recortar. Me deslicé en el cuarto de mi mamá, para secuestrar sus tijeras de confección y un tramo de cordón elástico.

Jamás nadie recortó un cuadrado tan perfecto a pulso, de una camiseta vieja, pero sin usar. Jamás nadie dobló tan hábilmente dicho cuadrado para amarrarlo tras la nuca y usarlo como paliacate cubriendo desde el huesito de la nariz que sirve para detener los lentes, hasta la barbilla. ¡Cha!, ¡qué trabajo tan estupendo! La palabra "Bosco", con sus letras rojas y azules, quedó al frente y, debajo, la curva azul de la boca, en una perfecta suplantación de la mía.

Me paré frente al espejo de cuerpo entero de la puerta del clóset. Me veía impresionante: Bosco, el vengador. ¿De qué me podía vengar? ¡De todo! ¡De nada! De cualquier cosa. ¿Acaso es necesario tener un motivo para volverse un vengador?

—Me llaman Bosco —dije, mostrando mis tres cuartos de perfil y señalándome el pecho con el dedo índice.

Me amarré de nuevo el paliacate y me peiné correctamente, con gel: me hice la raya de lado, porque siempre andaba con los pelos parados y me veía poco respetable. ¡Cha! Qué pinta de bandolero agarré. Me acomodé el cuello y las mangas de la chamarra. Hasta parecía más alto. Busqué mi mejor ángulo, con la cara inexpresiva, pero levantando ligeramente las cejas. Parecía actor de cine.

—Me llaman Bosco —la voz me salió adelgazada al final.

Me receté un sopapo en la frente yo mismo. Como dicen: se me aflautó la voz. ¡Qué bestia! No podía ir por el mundo con pinta de bandolero y la voz de pito. Carraspeé, tragué saliva y cambié de ángulo la inclinación de la cabeza, hasta que me oprimiera la nuez, porque así mi voz se engrosaba un poco. La voz se me tenía que atrombonar, y ya si alcanzaba a hacer, por lo menos, voz de tuba, pues fantástico.

—¿Me hablas a mí? ¿Eh? ¿Me hablaste? ¡Yo soy Bosco! ¿Quieres algo conmigo? —no alcancé la voz de trombón, pero ya sonó respetable.

¡Cha!, eso era de una peli. Para variar, me estaba inspirando en una peli sin darme cuenta. Una peli viejísima, pero de culto: *¡Taxi driver!* Si se hiciera una nueva versión, yo hubiera sido el primero de la fila para audicionar por el papel de Travis, el taxista loco. Ese Travis era genial.

Estuve un buen rato haciéndola de Bosco Travis ante el espejo. Casi podía ver la cara de De Niro sobre mi cara. Claro que De Niro, el original, no tenía una estúpida sonrisa azul de payaso. De pronto me di cuenta de que ya era tarde y mi estómago rugía. Recorté rápidamente un rectángulo con lo que sobraba de la camiseta y luego le cosí a mano, y como pude, el cordón elástico, aunque se apretó demasiado. El resultado fue fatal. Más que cubrebocas parecía un churro.

Mi mamá se había quedado dormida en el sillón de la sala, con la tele prendida. En la cocina había un tiradero tremendo de verduras hechas pedazos. Era como si el asesino de las verduras nos hubiera hecho una visita. Mi mamá se había convertido en una máquina de rebanar antes de jetearse. Y no, no acabó de hacer la comida nunca. Barrí un poco y recogí las cáscaras y las eché a la basura. Lo demás lo metí en tópers dentro del refri. Apagué la tele, tapé a mi mamá y sobre la mesita de centro le dejé el cubrebocas, esperando que cuando despertara no lo confundiera con un gusano y se metiera un sustazo. ¡Cha!, ¿me estaba convirtiendo en un hijo modelo? ¿O sólo era una apariencia, una coartada para disfrazar mi nueva identidad de Bosco, el vengador?

Antes de llegar a casa de Moscamuerta me detuve en un puesto de tacos al pastor. Me quedé mirando aquel trompo enorme, atascado de bisteces de carne de cerdo cruda, yo creo que hasta cisticercos le alcancé a detectar. ¡Patético! Observé a los que esperaban sus tacos, ansiosos, revoloteando como moscas panteoneras. Me arrepentí ya cuando había ordenado media docena y dejé al taquero con el plato extendido mientras me alejaba y él me gritaba agitando su cuchillo, no sé si para llamar mi atención o para amenazarme. Estuve a punto de voltear y enfrentarlo o de echarme a correr, pero antes de que pudiera decidirme, ya otro cliente, muerto de hambre, le arrebataba el plato.

Acabé metiéndome en un café de chinos. Por lo menos ellos no exhibían gusanos en su aparador, sino bísquets resecos como pasas. La pobre iluminación y el denso ambiente eran perfectos para recrear una escena de *Taxi driver*. No estaba seguro de que Travis se hubiera metido en alguno, ¿pero qué más daba? Mientras engullía un plato de pasta con puerco y un café cargado, me entraron ánimos de prepararme para una posible audición. ¡Cha!, a mí no me iban a agarrar desprevenido, para cuando llegara la oportunidad, ya tendría montada mi escena. Estaba sentado en uno de esos gabinetes, practicando mis poses y mis gestos cuando, de pronto, descubrí a Iris frente a mí, haciendo un rectángulo con las palmas de sus manos, igual que los directores de cine cuando quieren saber cómo se vería una escena en la pantalla grande.

—¿Estoy bien así? ¿Cómo me veo? —le pregunté sentándome derecho y arreglándome un poco el pelo. Mi chamarra era idéntica a la de Travis.

Iris desplegó una de esas sonrisas que hacían que el mundo pareciera un lugar menos espantoso.

#PartículasGorgónicas

El papá de Moscamuerta vivía en un barrio multinivel. Yo conocía apenas esa colonia por haber cruzado por ahí dos o tres veces con mi papá, cuando fuimos algunas veces a que me mostrara los laboratorios donde trabajaba, para demostrarme que no era un lugar asqueroso, como anduve diciendo una temporada, sólo por hacerlo enojar. No es cierto, la verdad es que lo dije porque sí me parecía que el suyo era un trabajo asqueroso, con todas esas muestras de orina y cultivos hediondos. ¿Cómo podía trabajar con caca mi papá? Él era casi médico, era *casi* muchas cosas (y por eso no ganaba tan bien como para comprarme todos los videojuegos que le pedía), porque no acabó la carrera y no me quería decir por qué desertó.

Cuando el edificio de Moscamuerta se construyó, hace como mil años, era uno de los más altos de la ciudad. Ahora sólo es uno de los más altos de su barrio. Al nivel de la calle, por ahí siempre hay un trafique de fayuca y piratería típico de cualquier zona cercana a una estación del metro o base de colectivos. Un piso arriba, hay consultorios de enfermedades venéreas, nutriólogos que ofrecen bajar veinte kilos en una semana y tiendas de medicamentos novedosos que curan cáncer, diabetes y alzhéimer; más arriba, despachos de contadores, abogados de mala muerte y oficinas de cualquier tipo, algunas tan oscuras que ni siquiera descifras a qué se dedican. En el siguiente nivel de ese averno, se encuentran los *call center*: enjambres humanos conectados a computadoras, a su vez conectadas a teléfonos que marcan y marcan de día cientos de números, para ofrecer cualquier tipo de servicio bancario, de seguros y hacer encuestas de opinión (y al mismo tiempo pescar datos de clientes, que luego venden a bandas de extorsionadores que contratan a los mismos operadores, pero en otros horarios: ¡Moscamuerta me lo contó!). Arriba, comienzan los primeros habitantes de departamentos de pocos metros, que fueron remodelados para tener una o dos recámaras. En medio, departamentos de tres recámaras y, más arriba, los departamentos más espaciosos, con grandes ventanales. Y hasta la mera cima, los riquillos que han colonizado las azoteas convirtiéndolas en los penthouse de amplias terrazas verdes, como el papá de Moscamuerta. Ahí sí que se cumple eso de tener un buen nivel de vida. La diferencia entre la altitud de la calle y la de los penthouse es absoluta, pero al mismo tiempo son complementarias la una de la otra: forman una simbiosis, porque los que se rompen la espalda trabajando abajo mantienen a los de arriba.

Y a todo esto, ¿a qué se dedicaba el papá de Moscamuerta? No me lo quiso decir, no le gustaba hablar de él, excepto que siempre estaba ocupado e ilocalizable. Era obvio que su papá, al encontrarse en la cima, les chupaba la sangre a los habitantes de los niveles inferiores. ¿A quiénes de ellos sería?

Moscamuerta me mandó el elevador y me recibió arriba, mordiendo una USB con forma de osito de goma rojo, y con cara de que la había agarrado en medio de algo.

—¿Qué haces?

—Trabajando en mi proyecto apestoso. ¿Conoces esto?

Me enseñó el libro que tenía en la mano: *Diario del año de la peste*. "¡Cha!, no más libros", pensé. La portada era un cuadro antiguo donde personas en una plaza luchaban por contener la multiplicación de cadáveres: los envolvían en sábanas, buscaban ataúdes para meterlos, pero estaban cerca de perder la batalla y quedar ahogados bajo esos cuerpos fríos y cubiertos de llagas.

—Si quieres, me voy. Te digo que no soporto a la gente que lee mucho. Ah, por cierto, toma, te devuelvo tu libro de una vez. Está medio en chino.

—¡Japonés!

Moscamuerta me miró como si sospechara que yo no había leído ni una línea y lo colocó sobre una mesita donde tenía tres o cuatro pilas de libros a punto de caer, pero que de puro milagro seguían en pie.

—¿Sabes programar?

—No, bueno, lo mínimo, un poco —me daba pena confesarle que no era capaz ni de teclear bien mi nombre.

—Es que estamos trabajando en un videojuego basado en el *Diario del año de la peste* —yo hice cara de que no sabía a qué diablos se refería—. ¡El libro de Daniel Defoe, el de *Robinson Crusoe*!

—¡Ah, chido!, ¿tú y quiénes más? —pregunté paranoiqueado volteando a los lados, porque no sabía que hubiera más gente en el penthouse.

—Somos una célula —Moscamuerta me enseñó la pantalla de su laptop: sus amigos eran unos ridículos avatares como de peli de ciencia ficción—. No te vayas, ya voy a terminar por hoy.

De inmediato se puso a teclear como enajenada. Sus dedos, de tan rápido que se movían sobre el tablero (varias teclas estaban ya borradas), eran como las patas de un ciempiés asustado. Moscamuerta trabajaba a distancia con un equipo multidisciplinario, para transformar ese libro en un videojuego. Me los imaginé como una banda de enanos embutiendo el viejo tomo de hojas amarillentas por la boca superior de una procesadora de carne para que saliera por el frente convertido ya en un videojuego. Qué trabajito.

Me tiré en el sillón de piel de la biblioteca de su papá a hojear el *Diario del año de la peste*. Confieso que ese libro sí me entretuvo un rato. Siguiendo mi dichosa costumbre de leer por donde abriera un libro, llegué directo a una escena escalofriante:

Es 1664, la peste bubónica se ha desatado y se propaga velozmente. La única manera de evitar el contagio es el aislamiento y quemar azufre y otras sustancias que repelan la pestilencia. El mal se transmite por el olor, por el aliento de los enfermos y sus llagas o por pequeñísimos gusanos y partículas gorgónicas. Nadie lo sabe bien. Se encierra a los enfermos, se les abandona; se queman sus ropas, sus colchones. Resulta que, una vez que aparecen los primeros síntomas, ya no existe salvación. El apestado será cadáver en poco tiempo, quizás en horas. Entonces, un hombre de cara desencajada y con pústulas visibles de peste corre por la ciudad, se encamina locamente hacia una de las zanjas que se han estado excavando para sepultar a tanto muerto y, con un gesto de horror y desesperación, se arroja él mismo al hoyo.

Increíble, pero me clavé tanto con el libro que me quedé dormido sin darme cuenta. Me produjo el mismo efecto que cuando mi mamá me leía *El último chango en París*. La historia era casi la misma. Llega la peste y saca de su mecate al chango que es el hombre de aquel tiempo.

Soñé que nadie quería hablarme ni estar cerca de mí, en la escuela, en la calle. Me convertía en un apestado. Hasta mis papás me evitaban. Buscando una respuesta, en el espejo vi mi cara llena de llagas con pus.

Me asusté tanto que me caí del sillón.

#NataliaLaFocacha

Desde el suelo, en un precioso plano en contrapicado, miré a Moscamuerta, la magnífica, acercarse a mí. Era otra. Mientras yo dormía, ella se había puesto zapatos de un negro brillante con un poco de tacón, en vez de sus tenis de siempre, medias negras y minifalda; se había pintado los labios, sombreado los ojos y hasta peinado. Me dejó viendo doble. Y se reía de mí, porque otra vez andaba haciendo el ridículo, ahora tirado junto al sillón. Me levanté de un solo impulso, según yo muy ágil, pero me tambaleé patéticamente.

—¡Vámonos!, ¿qué esperas? —dijo ella—. Tengo boletos para ir al concierto de Natalia la Focacha.

—¿De quién?

En mi vida había escuchado hablar de una cantante con un nombre tan ridículo, pero no me dio oportunidad de replicarle nada: ella estaba lista y radiante. Yo era una facha con mi chamarra arrugada. Bajamos en el elevador. Lo siento, pero tengo que decirlo, fue como en la última escena de otra peli de culto: *Corazón satánico*, cuando Mickey Rourke desciende en un antiguo ascensor enrejado que viaja directo al infierno.

De noche, el rumbo de Moscamuerta también era otro. Sin los puestos, sin los diablitos y la bola de gente, la calle se veía amplia y desolada. Las banquetas lucían aliviadas, ya sin la escoria que las carcomía a diario. Y nosotros avanzábamos con libertad, respirando el frío. Saqué mi paliacate de Bosco y me lo coloqué para que ella me admirara.

—¡Ja! Te ves como tonto.

—¿Me hablas a mí? ¿Me estás hablando a mí?

—¿Qué te pasa?

—Me llaman Bosco —dije golpeándome el pecho con la palma de la mano.

Estaba haciendo el tonto de una manera fenomenal, pero no podía evitarlo. Íbamos por la calle y yo seguía payaseando.

—¿Dónde está tu cubrebocas? ¡Te vas a contagiar de catarro pestilencial! ¿Qué no sabes que ya se desató la pandemia?

—Ni me digas. Ya veo enfermos de peste hasta con los ojos cerrados. Cuando esté listo el videojuego voy a descansar… además de ser apestosamente rica. Pero para que lo sepas, los cubrebocas no te protegen contra las bacterias de la peste, y menos contra los virus. ¡Quítate eso! —Moscamuerta intentó despojarme del paliacate que ya era parte de mi personalidad.

—¡Cálmate! —le detuve la mano tratando de no ser agresivo. Al contacto con su piel fresca y tan viva, sentí algo que no pude evitar, y la solté de inmediato, como si me hubiera dado un toque—. ¡No quiero que me contagien el catarro pestilencial! ¿No ves que de eso se murió el maestro? No nos quieren decir para no espantarnos. Mi papá trabaja en los laboratorios del terror y dice que…

—¡No seas tarado! —sus ojos estaban fulgurantes, como si ella también hubiera sentido algo y tratara de disimularlo siendo ruda—. Cuando mucho, te vas a contagiar de influenza. ¡No te vas a morir!

—Soñé que me contagiaba de peste. ¡Me volvía un apestado! Ni tú me querías hablar.

—¿De veras soñaste eso? ¡De veras! Tengo que confesarte que yo a veces siento que…

No terminaba de hablar Moscamuerta, cuando dimos vuelta en la esquina y vimos un tumulto afuera de un edificio iluminado como si esperaran la llegada de los extraterrestres. Era una megaplaza comercial nueva que yo no conocía, sólo sabía que recién la habían inaugurado. Creí que allí iba a ser la tocada de Natalia la Focacha. Pensé que de seguro había un auditorio dentro, porque justo la gente empezaba a gritar y a empujarse como enajenada.

—¡Cha!, parece que va a haber portazo. Esos fans sí se ven animados. ¡Y yo que nunca he escuchado a la tal Focacha!

—¿Cuáles fans?, ¡aquí no es el concierto!

Habían cerrado las puertas de la plaza y un agente de seguridad vigilaba desde el interior. De pronto, se escucharon unos golpes. Un grupo de chavos con la cara cubierta con pañuelos negros cargaba una banca de metal y la estrellaba contra una pared de cristal que, después del tercer o cuarto intento, empezó a desmoronarse y a caer en miles de pedazos que relumbraron bajo las potentes luces de los reflectores del suelo. Terminaron de abrir el boquete arrancando la película de plástico que todavía quedaba junto a los marcos de metal. La pared de cristal, que pertenecía a la farmacia que estaba junto a la entrada principal de la plaza, era inastillable, si no, hubiéramos presenciado una de las escenas más gore en mucho tiempo. Y como si le hubieran dicho: "En sus marcas, listos…", la gente entró atropelladamente, derribando a su paso los paneles y maniquíes del aparador, hasta alcanzar los anaqueles con las mercancías. Los empleados, con sus batas blancas y detrás de los mostradores, al ver la multitud que se les venía encima, huyeron hacia el fondo y salieron por la puerta trasera. Algunas personas perdían un zapato por atrabancarse. Varias se detuvieron a lo largo de los pasillos y, mientras la alarma sonaba, empezaron a llenar mochilas y bolsas, y hasta improvisaron bultos con chamarras y suéteres.

El local era una de esas farmacias que más bien son supermercados disfrazados. ¡Cha!, pues ahí tenían el resultado: gente rapiñando medicinas, botes de vitaminas, curitas, pañales, papel de baño, pinol, botes de detergente, leche en polvo, agua, refrescos, papas, pilas, medias, calcetines, aparatos para la presión y memorias USB. La gente tomaba lo que podía.

Y ahí estábamos, Moscamuerta y yo, hipnotizados ante lo que pasaba. Poco a poco nos dimos cuenta de que había, al menos, dos tipos de personas: las comunes y corrientes, algunas llevaban tapabocas azules y blancos; y un segundo grupo, de chavos con camisetas que traían en la espalda la "A" encerrada en un círculo, de los anarquistas, o sudaderas con la capucha bajada o chamarras con estoperoles, y embozados con paliacates negros. Las personas de la calle (se veía que algunos iban pasando y se metían a la bola), padres de familia con gesto de desesperación, señoras y hasta niños, estaban ocupadas en arrastrar hasta los muebles para llevárselos. En cambio, los anarquistas se mantenían en posiciones estratégicas: unos dentro de la farmacia, otros grafiteando la entrada del centro comercial y otros más vigilaban desde las esquinas de la calle. Incluso, cerca de nosotros había uno de ellos, junto a un árbol, pero ni lo habíamos notado.

—¿Ya viste? —le di un codazo leve a Moscamuerta.

A unos metros, frente a nosotros, uno de los anarquistas avanzaba hacia la entrada del centro comercial, con pasos lentos y alargados, como de bailarín; llevaba en la mano una botella con una mecha encendida.

—¡No! —gritó Moscamuerta.

Pero era tarde. La botella dibujaba una parábola para irse a estrellar contra la marquesina. Una mancha de fuego se expandió sobre ella, devorando las primeras letras del nombre de aquel oasis de cristal y concreto, que alcanzaron a derretirse y a chorrearse sobre unas personas que hacían esfuerzos por acarrear lo que habían rapiñado.

Moscamuerta y yo vimos prenderse la cabellera de una mujer que se sacudió descontrolada, tratando de apagar su cabeza. Alguien le aventó un suéter encima y ella se tiró para rodar por el suelo. Fue el principio del caos. No es que antes hubiera calma, pero nadie se agredía. Los anarquistas aprovecharon para correr entre la gente y uno de ellos sacó una macana con la que de vez en cuando golpeaba por la espalda al que se topara, quien a su vez trataba de golpear al que tenía más cerca.

No sabíamos qué hacer. Bueno, Moscamuerta sí: sacó su teléfono y llamó a una ambulancia. Yo le grité que de una vez se trajeran varias. Las personas corrían de un lado para otro dándose de catorrazos como animales enfurecidos, atacándose unas a otras con furia. Hasta ese momento había creído que sólo en las pelis se armaban batallas campales de todos contra todos, que era una bonita exageración, pero ahora lo estaba mirando con mis propios ojos.

Al ver el teléfono de Moscamuerta, saqué el mío para grabar lo que sucedía. Comencé un lento paneo desde la izquierda, para abarcar lo más posible. En la pantalla de mi teléfono apareció una familia que trataba de conservar una canastilla de plástico llena de refrescos, jabones de baño, pastas dentales y desodorantes cuando otras personas se lanzaron contra ella a los golpes; había un hombre sentado en el suelo, sangrando de la cabeza; dos mujeres se trenzaban agarrándose de las ropas y de los cabellos; un chavo recogía una lata de leche en polvo cuando otro la pateó; alguien arrojaba un adoquín que estrelló el parabrisas de un coche que pasaba por ahí; un grupo de gente luchaba por quedarse una pantalla plana enorme.

Antes de terminar mi paneo, que hubiera sido el mejor de la historia (bueno, al menos de mi historia), aparece un anarquista que lo echa todo a perder. Trae la cara cubierta con un paliacate que tiene estampada la quijada de una calavera. Su silueta llena mi pantalla, él clava sus ojos en la lente de mi teléfono, levanta una macana y la descarga. La imagen se desestabiliza, hay planos confusos, luego aparece el cielo, rasgado por los cables de un poste de luz, hasta que la suela de una bota hace que se oscurezca por completo la pantalla.

#PatadasPisotones&Escupitajos

Pero la acción apenas comienza. Gracias a que me cubro con el brazo izquierdo, el anarquista no me ha reventado la cabeza. Eso sí: capaz que me ha fracturado el brazo, porque me duele tanto que se me salen unas lágrimas sin que pueda evitarlo. Me sueno los mocos en la manga de la chamarra y no quiero ni pensar cómo habrá quedado mi brazo, mejor ni lo reviso. A unos pasos recojo mi teléfono, que tiene el cristal estrellado, y me lo guardo en el bolsillo. Cuando busco a Moscamuerta, la encuentro sentada a horcajadas sobre el anarquista, a quien tiene en el suelo, bocabajo y con los brazos cruzados a la espalda. El anarquista trata de soltarse y ella lo tiene perfectamente dominado, pero ahí voy yo de tarado y trato de ayudarla, porque soy hombre, mientras que ella es mujer: una pequeña mujer de minifalda y tacones. Yo todavía no me entero de que es experta en krav maga: ¡es una maga de krav maga! Y entonces yo voy y meto la pata hasta el fondo.

—¡No te preocupes, ya lo tengo! —le grito a Moscamuerta y con mi brazo bueno trato de agarrar al anarquista. Mientras ella me hace una seña de que me quite, el anarquista aprovecha la distracción para zafarse de una mano, levantarse el paliacate y meterse los dedos en la boca para chiflar tan fuerte que casi me estallan los oídos.

¡Cha!, los anarquistas tienen su sistema de comunicación. Al escuchar el chiflido, de inmediato dos anarquistas dejan de arrancar adoquines del suelo y golpear gente a traición, para acercarse corriendo hacia nosotros. Son como perros entrenados. Por mucho que Moscamuerta sea experta en defensa personal, esto ya no es personal: ¡son tres contra dos! Bueno: tres contra uno y medio, porque yo sólo soy bueno para morder orejas y lanzar patadas que nada más en la realidad de las pelis sirven contra los enemigos.

—¡Vámonos! —Moscamuerta se levanta y me jala del brazo.

Tenemos a los anarquistas ya casi encima, con sus miradas iracundas, insultándonos y dispuestos a darnos con lo que sea; uno de ellos trae un puño de acero y otro, unos chacos. Para ponerles más salsa a los tacos, noto que el anarquista al que había dominado Moscamuerta trae una cinta roja amarrada a la muñeca y que eso significa algo, porque al levantar el puño y chiflar, los demás anarquistas se acercan desde distintas direcciones, como perros que acuden al llamado de su amo. Creo que Moscamuerta ha hecho enojar al mero jefe de los gandallas y que ellos, para ser anarquistas, están súper organizados. Nos tienen rodeados. Entonces, en la desesperación, yo salgo con mi:

—¡Yo soy Bosco! ¡Yo soy Bosco! —y señalo mi paliacate con firmeza, como diciendo que tendrían que reconocerme.

—¡¿Y quién chingados es Bosco?! —dice leyendo despacio las letras de mi tapabocas.

—¡Vengo con aquéllos! —y señalo vagamente hacia el extremo contrario de la calle, no sin que, justo en ese momento, me traicione el maldito tic nervioso del cuello.

El jefe de los anarquistas voltea a ver a sus compañeros y ríe, como en cámara lenta, con una risa entre ronca y aniñada. Alcanzo a oler su aliento, es una mezcla de alcohol y de tíner que por poco me tumba de espaldas. Mi maniobra es tan estúpida que no los engaña y sólo sirve para ganar unos segundos.

Se escucha un chiflido distinto, lejano, pero que de inmediato pone a los anarquistas en alerta. Hay un par de sonidos sordos, como de lanzacohetes, luego una lata que cae cerca y otra lejos. Un olor ácido entra por mi nariz y los ojos me lloran. Ahora no lloro por los golpes, sino por el humo que me llega. Aprieto mi paliacate contra la nariz. Se escucha un tropel de botas sobre el pavimento y una masa de uniformados, con mascarillas en el rostro, se nos echa encima. Comienzan los empujones y los toletazos. ¡Cha!: esto sí es *slam* de verdad. Ahora el ataque no es sólo contra nosotros, sino que es parejo. Un grupo de granaderos nos ha acorralado rápidamente y la lluvia de golpes cae sin parar mientras trato de esquivar los que puedo.

Las cosas se ponen confusas. Estoy dentro de la batalla campal como la que había visto de lejos, atrás de la barrera. Por un lado, hay granaderos enmascarillados, con su uniforme azul oscuro, que se mueven repartiendo toletazos; por el otro, hay anarquistas dando patadas; hay gente de la calle peleando contra otras personas; Moscamuerta se defiende, ella sí, como si estuviera en una peli, mientras que a mí, de un toletazo en el estómago me derriban y lo único que puedo hacer es enconcharme, adoptar la postura fetal para tratar de sobrevivir: sobrevivir a toda costa.

Recibo patadas, pisotones, escupitajos; escucho el sonido de huesos que crujen y no sé si son los míos o los de quién, ¿de quién?; escucho gritos, llantos, órdenes, chiflidos, risas: ¿quiénes ríen?; el paliacate se me baja a la altura del cuello, me siento desprotegido y pruebo el sabor del suelo: sabe a tierra agria y a grasa de coche. Lloro y toso en medio de una nube de humo, como si me estuviera dando un ataque de epilepsia. Empiezo a repetir en voz baja, como un mantra, ¿o estoy gritando?:

—¡No me quiero morir, no quiero que me quiebren! ¡No me quiero morir, no quiero que me quiebren! ¡No me quiero morir, no quiero que me quiebren!

—Nadie te va a quebrar si no te quiebras tú primero, Bosco —la voz de Iris me calma al instante.

No veo a mi hermanita, pero sé que está conmigo, que no me abandona. Además, sé que ella sonríe, porque la voz de alguien se escucha diferente cuando lo hace. Iris sonríe, ¡sí!, y ahora el dolor y la angustia se congelan.

#RocaQuePalpita

Es una tarde soleada en el campo. Bajo un cielo azul eléctrico y nubes tan blancas como conejos, caminamos juntos mi mamá, mi papá, mi hermanita Iris y yo. Avanzamos con pasos lentos, sobre el pasto. Sé que voy descalzo porque puedo sentir cada una de las verdes briznas haciéndome cosquillas bajo los pies; las hebras del pasto son tan parejas que parecen la alfombra sintética de una cancha de futbol. Respiramos un aire limpio y transparente que ofrece la sensación de elevarnos entre las copas de los árboles.

Mi mamá extiende un mantel de cuadritos que ondea al viento antes de caer despacio, muy despacio, en el pasto. Nos sentamos en círculo y platicamos y bromeamos como nunca lo hemos hecho, sobre todo porque antes mis papás no le hablaban a Iris, sólo por el hecho de que ellos no la podían ver... sino hasta ahora. Las cosas son distintas: estamos juntos y no hay diferencias ni problemas. ¡Cha!, mi mamá no está sumida en la depresión que siempre amenaza con tragársela con sus oscuros tentáculos. Mi papá no anda de malas ni con prisas, ¡qué importa que haya dejado trunca su carrera de medicina, ya fuera por miedo a la sangre o quién sabe por qué! ¡Qué importa que Iris se haya quedado pequeña para siempre, y en cambio yo siga creciendo a lo tarugo! Es un bonito día de campo y nadie piensa que así no puedan ser las cosas. Simplemente, hoy, somos una familia entera, completa y perfecta.

Los bocadillos que salen de la cesta son los más ricos que he probado en la vida, y se multiplican milagrosamente para calmar nuestra hambre. Cerca hay un manantial y bebemos de él; brota como en un comercial de agua importada. Esa agua calma la sed de mi cuerpo, que es una sed de lija: por dentro se me inflan las tripas, como si antes de beberla fueran de cartón aplastado y, de pronto, se volvieran frescas y jugosas como la fruta del supermercado.

Tenemos la barriga llena de comida y la sed ni la recordamos. Estoy acostado en el suelo, moviendo los brazos como si fueran alas, sobando el pasto, que desprende su olor a pinol. Aspiro profundo y, al mismo tiempo, observo la escena desde afuera, desde arriba, mientras todo se vuelve curvo, como si transcurriera dentro de un pisapapeles esférico y transparente. Estoy adentro y también estoy afuera de esta bola de cristal que es el pisapapeles.

Mis papás, no contentos con el buen rato que nos han hecho pasar a mi hermanita y a mí, dicen que nos quieren enseñar algo. Ellos se adelantan y atrás vamos Iris y yo, tomados de la mano. Mis pasos son demasiado largos para mi hermanita (¿cuándo dejaré de crecer?), así que la subo a mis hombros. Juntos, formamos un ser fantástico de dos cabezas, una arriba de la otra. Nos adentramos en los matorrales. Por un momento pierdo la pista de mis papás. Hasta este lugar llega apenas la luz del sol, y el zumbido de los insectos me aturde. Me apresuro y el corazón me late a trompadas.

—¡Bosco! ¡Bosco! ¡Por aquí, Bosco! —dice mi hermanita señalando entre los matorrales, lo que me recuerda algo que ya ha sucedido antes.

Se me ocurre que tal vez ella, desde arriba de mí, puede ver mejor el camino. Y así es. Llegamos a un claro en el que mis papás nos esperan. Están tranquilos, pero a la vez preparados para mostrarnos algo. Sé que nos van a decir algo importante y me da miedo no tener la capacidad de comprenderlo. Y todo porque mi cabeza alguna vez rebotó en el suelo y a lo mejor desde entonces me quedé medio tonto.

En medio de ese claro hay una roca del tamaño de un escritorio alargado. Apenas me di cuenta. No es que haya aparecido de pronto, sino que mis ojos recién se acostumbran a la sombra después de haber estado bajo el radiante sol. Al poco rato, veo con la nitidez de una pantalla de alta definición. Mis papás señalan la roca y me acerco a mirarla. Su superficie azul, de un profundo azul, tiene infinidad de detalles, ramificaciones como venillas blancas y negras, minúsculos dibujos indescifrables; parece una de esas paredes de roca que de vez en cuando descubren en cuevas y que la gente de hace miles de años grafiteó. ¡No!, más bien parece algo más antiguo, salido de la tierra.

"La roca es preciosa", pienso, pero es sólo eso: una piedra, una dura y fría piedra. Mi cabeza no alcanza a comprender nada más. Siento que estoy a punto de decepcionar a mis papás, que ellos dirán: "El muy tonto no entiende nada, no ve nada". De pronto, la mitad de la superficie de la roca palpita, se mueve como la hoja de un libro abierto a punto de cambiar de página. ¿Se trataba de esto y yo no me había dado cuenta: mis papás quieren enseñarme un libro…? ¡Cha!, yo, que odio los libros, excepto uno de changuitos, que a lo mejor ni existe, y que capaz que sólo inventé, gracias a un falso recuerdo de mi mamá leyéndomelo.

Es un libro distinto a cualquier otro que haya visto. ¡Está vivo! Y además no tiene palabras. Las páginas de ese libro son como esas alas duras que protegen las verdaderas alas de los escarabajos. Éste es un escarabajo gigante. Ahora entiendo, y es como si me hubieran cambiado los ojos y colocado unos de repuesto. ¡No!, es más bien que ahora puedo mirar a través de los ojos de mi hermanita, que están a unos centímetros por arriba de mí. Veo los objetos con una brillantez que sólo de niño recuerdo haber visto pero, al mismo tiempo, veo desde otro ángulo. No sé cómo explicarlo. Tampoco necesita explicación.

Las alas duras de la roca-libro-insecto gigante se mueven, se agitan, pero todavía no alcanzo a ver las de abajo, las que de verdad sirven para levantar el vuelo a los escarabajos. ¿Una cosa tan pesada, de veras podrá volar?

#FalsoAnarquista

El gas lacrimógeno surtió efecto y al menos sirvió para que dejaran de patearme y de pisotearme. Escuché a la gente correr, esta vez para escapar. Una voz distorsionada daba órdenes por la radio que traía uno de los granaderos en el hombro; era una voz que escupía odio al micrófono. No se entendía nada, pero fácilmente se podía traducir en:

—¡Agarren al que puedan, al que se deje!

Traté de levantarme para correr junto con los otros, pero en cuanto logré sentarme, alguien jaló mis brazos hacia atrás y sentí el frío de unas esposas aprisionando mis muñecas. Luego atravesaron un tolete entre mi espalda y mis brazos, para levantarme como a una presa, un animal capturado y lloroso. Me llevaron a rastras a un camión sin ventanillas y con asientos corridos a los lados, en donde metían a los que no habían podido escapar. A la entrada nos quitaban las esposas, junto con el celular, la cartera, los llaveros y cualquier otro objeto que sirviera como un arma. Con los ojos nublados y ardiéndome brutalmente, alcancé a ver un número en el parabrisas y lo memoricé. Vi a un anciano, un par de señoras y otro chavo, sangrando de la cabeza. Cada quien tosía y lloraba que daba gusto. Me toqué el cuerpo para ver si seguía entero. Me toqué las costillas y el brazo con el que paré el macanazo del anarquista. Me palpé el cuerpo entero, revisándome, no parecía tener ningún hueso roto: ¡milagro!, ¡no me habían quebrado! Me ardía la piel y me dolían los músculos. Debía tener moretones hasta por detrás de las orejas, pero no había perdido ninguna pieza hasta ahora. Fueron subiendo a más y más personas. Esperaba ver a Moscamuerta y ella no aparecía. ¡Qué tarado!, era mejor que no la atraparan, ¿no? Ni siquiera pensaba con claridad. Habíamos salido para ir al concierto de Natalia la Focacha y ahora: ¿cuál concierto?, ¿cuál Focacha?

De pronto subieron a un anarquista que soltaba patadas por aquí y por allá rabiosamente; peleaba y se retorcía tanto que parecía a punto de escapar. Dos granaderos lo llevaron hasta el fondo del camión, donde había una especie de jaula, y lo encerraron allí. De regreso, cuando los granaderos pasaron junto a mí, uno de ellos se me quedó mirando:

—¡Éste también es anarquista! —dijo señalando mi paliacate al cuello.

Me tomaron por los brazos y yo luché, pero no les costó trabajo llevarme como a un títere y encerrarme también en la jaula y dejarme ahí con el anarquista de verdad. Él se me quedó mirando, desconfiado. Revisó mi paliacate, se rio y me acomodó un zape en la nuca.

—¡No manches!

Yo sólo había visto a esos famosos anarquistas medio punks por la tele, cuando sacaban noticias de marchas y protestas. Nunca miraba los noticiarios en casa, nada más en la fonda adonde a veces me mandaban a comer, y eso porque no le podía cambiar de canal. Había una marcha en la calle para protestar por cualquier cosa, llegaban los anarquistas y comenzaba el caos. Yo nunca había ido a una marcha. Odiaba a esa gente que estorbaba en las avenidas deteniendo el tráfico y gritando como si fuera el fin del mundo; odiaba a los que se encueraban y bailaban en el centro de la ciudad; odiaba a los que se vestían de blanco; odiaba las pancartas y las consignas. ¡Cha!, ¿qué le vamos a hacer? Sépanlo bien: odiaba cualquier cosa que tuviera que ver con la política. Y, por encima de todo: odiaba a los políticos de cualquier partido. "¿Pero qué tenían que ver los anarquistas con las marchas?", me pregunté.

Me senté en el suelo, con las piernas recogidas, en el pequeño espacio de esa cárcel dentro del camión. Sólo entonces pude ponerme a pensar un poco sobre lo que sucedía. ¿Por qué habían entrado a la fuerza a la farmacia? ¿De veras estaba la gente tan desesperada por conseguir cubrebocas, gel desinfectante y antivirales? ¿Por qué habían rapiñado lo que encontraban? ¿Por qué habían aparecido los anarquistas? ¿Por qué esos anarquistas anduvieron golpeando gente a traición?

Subieron a tantas personas que el camión ya estaba a reventar. Pero todavía llegó alguien más: otro anarquista, y claro que lo escoltaron hasta el reservado especial. Ahí estábamos los tres: dos anarquistas de verdad y uno falso. Alguien golpeó la lámina del camión por fuera y empezamos a avanzar. ¿A qué mazmorra nos irían a llevar?

Con el paliacate bajado y enrollado como un collar, al principio no reconocí a ese anarquista, pero cuando vi su cinta roja en la muñeca, me di cuenta de quién era, así que traté de escurrirme hacia la orilla, agachando la cara. Los anarquistas hablaron entre sí. Casi que se entendían a puros gestos y monosílabos. Llegué a pensar que ellos tenían un idioma secreto, porque no les entendía nada. Se reían, mentaban madres y conspiraban. Pronto me di cuenta de que parecían de lo más a gusto. Mientras yo estaba aterrado, ellos parecían como en la sala de su casa, mirando un partido de futbol.

#¿SoyBóster?

Los granaderos empezaron a bajar a gritos y empujones a los primeros detenidos. Los amenazaban para que corrieran hacia un edificio de tan mala cara, que parecía abandonado. Al último estábamos los anarquistas y yo. Pero a nosotros nos sacaron con más calma. No entendí si los policías estaban cansados o qué. Nos llevaron tranquilamente hasta la puerta del camión, nos esposaron y nos hicieron bajar. Ya afuera, la cosa cambió. Usaron sus toletes para meterlos entre la espalda y los brazos, de manera que nos obligaban a agacharnos hacia delante, pero no nos hacían daño. En los pocos metros que había entre el camión y la entrada, relumbraron multitud de flashes y luces de cámaras que nos grabaron. Escuché que una periodista hablaba a un micrófono con una cubierta de espuma anaranjada, para un noticiario:

—… acción perfectamente coordinada, la fuerza pública ha ido encapsulando a los diferentes grupos de vándalos que han participado esta noche en los saqueos a farmacias y supermercados del país…

Antes de entrar en el edificio, enderecé la espalda y creí ver la cara de Moscamuerta rodeada de la multitud que gritaba para que liberaran a sus familiares. No estaba seguro si era ella o yo, con mis ganas de que apareciera, la había dibujado con los ojos entre la bola. De cualquier manera, si era ella o no, sucedió tan rápido que no pude decirle nada de nada.

Primero nos fueron a botar a un sótano enorme. Había tanta gente que era difícil caminar sin pisarle la mano a alguien. Un policía gritó:

—¡A ver, esos anarquistas!

Me juntaron con ellos. Ya tenían concentrados como a treinta, capturados en distintas zonas de la ciudad. Nos llevaron a un cuarto separado y nos quitaron las esposas. Me le acerqué a un policía y, por más que le advertí que yo no era ningún anarquista, tratando de que no me escucharan los de verdad, él simplemente jaló el pañuelo enrollado en mi cuello tan fuerte que casi me ahorca, y se fue.

Parecía una convención de anarcos, y ellos se veían de lo más cómodos ahí. Sólo faltaba que les llevaran sus chelas frías. Seguramente estaban acostumbrados a la acción y a las redadas; a correr por las calles grafiteando monumentos y a que los toletearan y los encerraran. Era como la rutina de su trabajo, ¿no? En vez de regresar a casa, por la noche, con la esposa y que ella les preguntara cómo les fue, estaban ahí, en un gran cuartucho en el sótano del edificio del cuartel de granaderos, intercambiando anécdotas. Algunos habían lanzado bombas molotov, como el que yo vi; otros habían descalabrado policías después de patearlos y quitarles el casco; estaban los que habían destrozado coches y cristales de comercios; los que arrojaban piedras; los que usaban chacos y estrellas ninja; y los que le daban baje a los camiones repartidores de cervezas y comida. ¿Pero de qué vivirían ellos?, ¿de robos?, ¿de asaltos? ¿Eran anarquistas de tiempo completo o de a ratos?

Mientras ellos presumían sus hazañas, me acerqué a un rincón para tratar de escurrirme aunque fuera por una coladera. Unos cuantos notaron mi presencia. Recién en ese momento vi que tres o cuatro llevaban la famosa cinta roja en la muñeca; tenían su buena organización aquellos anarquistas. ¡Cha!, de pronto me di cuenta de que ya venía hacia mí el mismo que me había dado el garrotazo por estar grabando con mi teléfono. No me pude escabullir.

—¿Quién te mandó?

—¿Quién me mandó qué?

—¡No te hagas! Luego vas y soplas todo. ¿A quién le soplas?

—¿Yo?

—Te vi grabándonos. ¿Qué quieren? ¿Nos van a dejar hacer lo nuestro en paz o no?

—¡No, yo nada de nada!

—¿Dónde está tu teléfono?

—Me lo quitaron con todo.

—Ya te tengo bien ubicado. Nos quieres chingar. Te quieres hacer pasar por uno de nosotros, ¿verdad?

—No, no me quiero hacer pasar por nadie. Yo soy así: yo soy Bosco.

Quise recetarle el: "¿Me hablas a mí?, ¿eh?, ¿me estás hablando a mí?". Pero no me atreví. Tanto ensayar frente al espejo para tener la oportunidad perfecta y fracasar. El anarquista levantó el brazo y yo me achiqué por reflejo, creí que me golpearía. En vez de hacerlo, empezó a parlotear.

—¡Tú no eres nadie! ¡Eres un imitador! ¡Tú no eres nada! Yo… soy Bóster. ¡Yo soy Bóster! Hasta el nombre me quieres copiar. Pregúntale a ellos quién soy yo, ¡quién es el Bóster! Ellos te van a decir lo que yo he hecho. Ellos sí saben quién es quién. Mi firma está por toda la ciudad. Seguro la conoces. Nadie puede vivir en esta puta ciudad sin haber visto mi firma: en las paredes, en los espectaculares, en los vidrios de los vagones del metro…

¡Cha!, el tal Bóster manoteaba como chango, pero no porque intentara golpearme. Siguió hablando y hablando y yo mejor me callé. Su aliento era apestoso. Yo creo que el cerebro ya se le había freído o frito, o lo que sea: las tripas todas del cuerpo se le habían disuelto en la mezcla de tíner y alcohol de la que él estaba lleno hasta la coronilla. El Bóster me atravesaba con la mirada y veía incluso más allá de la pared y del sótano y de los cimientos del edificio donde estábamos. Miraba algo que yo no podía ver.

"¿El Bóster?", pensé. ¿Él era el Bóster y yo, el Bosco: un simple imitador? ¿Sería cierto que yo había visto su firma alguna vez, y de ahí había tomado un apodo parecido? Por lo visto, el Bóster también tenía una hermanita imaginaria; una hermanita que estaba lejos, lejísimos.

Esa noche me habían macaneado, pateado, pisoteado y escupido, pero éste sí que era un golpe bajo, un madrazo en el mero centro de mi ser. La humillación venía más allá de los granaderos y de los anarquistas: la humillación de parecer una simple copia, no la de Bruce Lee, no la de Travis Bickle, sino la de un maldito anarco barato. ¡Qué deprimente no parecerse al personaje de una gran peli; no parecerse al de *Taxi driver*, sino a un simple tineroso alucinado! Qué horror parecerse a un chavo que, a su vez, se parecía a los otros treinta que allí estaban.

¿Era yo un cualquiera: un yo genérico, un yo intercambiable, un yo botarga usada?

#EresMenorDeEdad

Escuché que voceaban mi nombre, pero era mi nombre oficial; era el nombre de mi credencial de estudiante, el nombre de mi acta de nacimiento. Mi maldito nombre barría el aire de aquel cuartucho hediondo, salido de los pulmones de un policía. No era suficiente con hacerme ver como un imitador. Ahora gritaban ese nombre que no era mi nombre, pero que tenía que usar a pesar de mí. Tuve miedo. No me quedaba otra que aceptar que era yo, y levanté la mano como si estuviera en el salón de la peor escuela en la que hubiera ido a caer, en mi ya largo recorrido por ellas.

—¡Eh, no se lo lleven! ¡No hemos acabado con él! —gritó el anarco.

¿Y ahora qué? ¿Me iban a interrogar?, ¿me iban a poner una bolsa en la cabeza, como en los videos que andan en YouTube?, ¿me iban a interrogar para sacarme la sopa? ¿Cuál sopa? Los polis creían que yo era anarco; los anarcos creían que yo era un infiltrado. ¿Quién demonios era yo? ¿O todo eso ya formaba parte de la tortura: hacerte dudar de quién eres?

Me llevaron de nuevo con el grupo de los civiles, de la gente común. Estaban separando a los ancianos, a las embarazadas, a los enfermos y a los menores de edad; además a la gente que estaba en una lista. Yo estaba en la lista y era menor de edad. Nos formaron. Alguno que otro no se veía nada saludable: sudaba afiebrado o vomitaba. Por las dudas, me puse fuera del alcance de sus babas y demás fluidos corporales. Temí que nos estuvieran preparando para la cámara de gases. De acuerdo: he visto muchas pelis sobre el holocausto.

Nos fueron pasando a una oficina con cajas de cartón, repletas de teléfonos, carteras y todo tipo de objetos personales. Yo hubiera creído que usarían bolsas resellables para guardar las pertenencias, pero eso debía pasar sólo en las pelis. Y hubiera sido una locura ponerme a buscar mis cosas, entre tantas cajas, de no ser porque la que correspondía a mi camión sí estaba marcada con el número que leí en el parabrisas cuando me subieron. Para algo había servido mi paranoia. Pensé que ése sería el último número que vería en mi vida y me lo grabé bien: *El número 23*, como se llama la peli de Jim Carrey, en la que ése es el título de un libro que lo obsesiona hasta casi volverse loco ya que significa una gran revelación. Escuché a un policía que, desde afuera, decía:

—¡Que se vayan de una vez! Ya no cabe tanta gente aquí, y no queremos enfermos.

Uno de los que nos arreaba pateó las cajas.

—Si de veras se quieren ir, ya váyanse y luego regresan por sus cosas. Aquí nada se pierde.

—¡Mis llaves de la casa! —dijo una señora embarazada.

—¡Oiga, mi credencial de elector! —un anciano.

—¡Mi dinero, me sacaron el dinero! —reclamaba una chava.

Encontré mi teléfono con la pantalla estrellada, pero funcionando, y mi cartera. No me quedé a ver qué hacían los demás.

Quería irme lo más rápido posible, si es que era cierto que nos dejarían ir. ¿Qué tal si se trataba de una forma sádica de sembrar esperanza para luego, cuando estuviéramos a punto de poner un pie en la calle, darnos tremendo portazo en la cara?

No fue así. Afuera, hasta el aliento de las coladeras y el aire contaminado me olieron a Listerine. Las escaleras a la entrada del edificio eran como la sala de espera del aeropuerto en plenas vacaciones; sólo que la gente no aguardaba a los pasajeros de ningún vuelo, sino la liberación de sus familiares y amigos detenidos. Cada que salía alguien del edificio, se te echaban encima y hacían cara de decepción cuando veían que sólo eras tú, otro tarado más, pero no el que buscaban.

Entre la multitud apareció una cara que me hizo latir el corazón alocadamente. Me dio tanto gusto ver a Moscamuerta y la abracé como al bote de gasolina vacío, flotante, en medio de una inundación. Cuántas veces había soñado que mi ciudad se inundaba y yo me salvaba gracias a un simple bote de plástico. ¿Me daba más gusto verla a ella o ser liberado? ¿Cómo podía distinguirlo en ese momento?

—¿¡Cómo es que nos soltaron!?

—Estuvimos presionando. Es lo bueno de ser menores de edad. Hasta llegó una asociación de derechos humanos a apoyar, pero la verdad es que tal vez no los hubieran liberado si no es porque ahora es un peligro tener a tanta gente junta, encerrada...

—¿Ya se desató la epidemia?, ¿siempre sí?

—¿No sabes lo que está pasando?

—¿Pasando? ¡No!, ¿de qué? Estaba incomunicado ahí adentro. No sé ni cuánto tiempo fue.

#SuenaElHimnoNacional

Mi teléfono tenía trazada una telaraña en la pantalla; estaba hecho una desgracia, pero sólo por encima: ¡seguía funcionando, como yo! ¿Yo también seguía funcionando a pesar de los arañazos y moretones? Mi teléfono era un teléfono zombi que resucitó para escupir los mensajes que me había estado mandando mi papá. Eso sí era noticia, porque él nunca me escribía nada. Para él, la mensajería electrónica y las redes sociales eran una pérdida de tiempo, una pérdida de espacio, una pérdida del alma y una pérdida total: como la de los coches chocados. Si él me mandaba mensajes era porque algo sucedía. ¡El virus!, seguro habían detectado ya el virus que acabaría con el mundo.

También había llamadas perdidas de mamá. Decidí primero ver los mensajes de papá:

¿Dónde andas? Tu mamá te habla y no contestas.
Estoy acuartelado, no puedo usar el teléfono.
El presidente va a dar un mensaje a medianoche.
Llámale a tu mamá. No salgas de donde estés. ¡No salgas a la calle!

El teléfono dio tono de llamada tantas veces antes de que mi mamá descolgara, que pensé que nunca iba a contestar. Su voz se escuchaba amodorrada y la tele como ruido de fondo.

—¿Estabas dormida? Apaga ya la tele.

—¿Qué andas haciendo en la calle a estas horas?

—Vine con una amiga a un concierto.

—Bueno, no salgas a la calle. Quédense con el amigo que viva más cerca.

—Sí, no te preocupes.

—¿Viste el mensaje presidencial?

—Estábamos en el concierto. ¿Lo de la pandemia mortal?

—Vean las noticias. Me avisas dónde se quedan, y ya no salgan hasta mañana.

Moscamuerta conecta su laptop a la enorme pantalla donde hemos jugado *Dark souls* en días pasados. Ahora no se trata de un videojuego. En primer plano, aparece la cara de un hombre demacrado. Yo lo he visto antes, en la foto del periódico de un puesto callejero, en internet o alguna vez en la propia tele. No es un actor, pero lee de un teleprompter, equivocándose, visiblemente confundido, tropezándose, interrumpiéndose él mismo, inseguro de lo que dice, sudando, con tics en los ojos, tocándose la nariz, aflojándose el nudo de la corbata. Pareciera que una pandilla lo persigue en un barrio peligrosísimo. Después de haber pronunciado hartas palabras y palabras, al final dice:

—… por lo tanto, debido a la crisis interna que nuestro país atraviesa, tanto por la epidemia de influenza como por las recientes afectaciones a la paz, en la sesión extraordinaria que se acaba de celebrar con carácter de urgente, la Cámara de Diputados y la de Senadores han tomado la valiente y a la vez histórica determinación —levanta el dedo índice—, no sin antes ponderar sus posibles consecuencias políticas, económicas y sociales, y en aras de salvaguardar el mayor bien que poseemos: la vida y la salud de todos y cada uno de los ciudadanos de este país… —golpea accidentalmente con su mano el micrófono, que produce un sonido sordo, como de puñetazo bien acomodado—. Sí: han decidido decretar temporalmente el recién promulgado, hace sólo unos días, estado de excepción. Y para sortear este difícil trance, por motivos de economía de recursos y celeridad, las decisiones se concentrarán en una sola figura: el jefe del Poder Ejecutivo federal, es decir, mi propia persona —carraspea—. Para tranquilidad de la ciudadanía, habrá patrullajes a cargo del ejército, y sólo por un tiempo limitado se verán suspendidas las garantías individuales, con el fin de beneficiar a la colectividad. Gracias, buenas noches y hasta el próximo comunicado.

La cámara se aleja un poco y entra a cuadro la bandera. La cara del que dicen que es presidente se queda como de estatua; atrás hay una fotografía de él mismo, con la banda presidencial. Comienza a sonar el himno nacional. Esa música, cuya letra invita a tomar las armas y a guerrear, no es para nada tranquilizadora. De hecho, es chocante y contradictoria: él acaba de decir que, para evitar actos de vandalismo y rapiña como los de hoy, se impone el estado de excepción. No sé si reír o tener miedo. Dijo que así van a controlar mejor la epidemia de influenza. Parece una escena sacada de una peli del Santo.

Moscamuerta está roja de coraje. Señala hacia la pantalla, casi le sale espuma por la boca, y eso que es la segunda vez que escucha el mensaje.

—¿Es como un toque de queda? —le pregunto.

—Mucho peor que eso, es el sueño dorado de cualquier dictadura: ¡te quitan tus derechos y pueden hacer contigo lo que se les antoje!

—¿Qué derechos? ¿Que te dejen beber en un bar? ¿Votar? Nosotros ni tenemos derecho a votar. Aunque, la verdad, si pudiera, ¿por quién votaría?

—¡Agh, no entiendes nada! ¡Pueden entrar a tu casa a cualquier hora, pisotear tus cosas y no hay forma de que te defiendas!

—¿Cómo pasó esto?

—¿No viste los debates en la Cámara de Diputados?

—Me duele la cabeza nada más de pensar en los malditos políticos. Con razón, mi mamá los estuvo escuchando hace poco.

—¡Qué casualidad que, a pocos días de que se aprobara el estado de excepción para casos de afectaciones a la paz y epidemias, ahora tengan la oportunidad perfecta para imponerlo!

—Mi papá me contó que el gobierno no quería alarmar a la gente y por eso se callaron lo de la epidemia. La alerta de hace unos años desató un caos.

—Y ahora van con todo. No es una simple alerta de influenza: ¡es un estado de sitio! —se muerde los dedos que parece que le van a sangrar.

—No es para tanto.

—¿¡Estás loco!? ¡No te cabe en la cabeza la gravedad de lo que pasa! ¿En qué mundo vives tú? —Moscamuerta me toma por las solapas y me sacude como a un muñeco. Tal vez piensa que si agita lo suficiente mi cabeza, las piezas dentro de ella van a terminar por acomodarse correctamente; que mi pobre cerebro estropeado de niño que se cayó en la carretera y rebotó, se va a arreglar así. Luego se calma un poco—. ¡Perdón, perdón! No quería lastimarte.

—No te preocupes. Ya me ha zarandeado tanta gente hoy, que sólo faltabas tú.

—Es que esto ya se veía venir, pero al mismo tiempo no creí que ocurriera nunca. ¡Qué ingenua fui!

Parece que la zarandeada de Moscamuerta surte efecto, porque de pronto me hace ver la peli desde otro ángulo: así como cuando te cambias de butaca en el cine y empiezas a descubrir algunos detalles que no habías notado.

—¿Sabes qué? No me extrañaría que los anarquistas tuvieran algo que ver.

—¿A qué te refieres?

Saco mi estrellado teléfono y le muestro el magnífico paneo que alcancé a grabar antes del macanazo. A cierta altura del video, se ve cómo un anarquista golpea a un civil por la espalda.

—¿Por qué haría eso? —se queda pensando Moscamuerta.

—Se supone que están en contra de la autoridad, no en contra de la gente, ¿o sí?

—Ellos fueron los que rompieron la pared de cristal con la banca de metal…

—Y provocaron que la bola entrara a la farmacia a rapiñar.

—Siempre hacen cosas así. También volaron algunos cajeros automáticos con explosivos caseros.

—¿En varias ciudades, al mismo tiempo? ¿Tan coordinados ellos?

—Ahora que lo dices. Podría ser que…

—¿Sabes? No me queda claro si allá dentro los policías los trataban con miedo o los estaban cuidando. Es un poco confuso. El anarco al que dominaste estaba reclamándome que por qué los andaba espiando; que a quién le iba a informar.

—Pensó que eras uno de esos chavos que usan los polis para espiar.

—Eso creí primero, pero me dijo: "¿Qué quieren? ¿Nos van a dejar hacer lo nuestro en paz o no?".

—¿¡Que qué!?

—Así como lo oyes. Me decía que si los iban a dejar molestar a la gente y vandalizar comercios *en paz,* sin que los molestaran.

—¿Sabes qué? Poco antes de que tú salieras, llegó un abogado trajeado, de lentes oscuros en plena noche, ya te imaginarás la facha, y dijo que él iba a sacar a un grupo de muchachos que pertenecían a una asociación de futbolistas que habían salido de un partido y los habían detenido por error, sólo por hacer escándalo y, sí, por grafitear, pero que él pagaba la multa. Que lo atendieran rápido porque de allí se iba a otra diligencia a otra delegación policiaca.

—A sacar más futbolistas.

#PomadaDePeyote

Gracias a Moscamuerta, a la influenza y a que era menor de edad, me habían dejado salir rápido. Era la primera y última vez que le encontraba una posible ventaja a ser menor de edad. Siempre me desesperaba estar cerca del límite y que, a la vez, faltara tanto para ser mayor. ¿Y si no hubiera tenido esa suerte, quiénes habrían acabado conmigo primero: los anarquistas o los policías? Mientras estuve adentro, no sé a quiénes les tuve más miedo: ¿a los guardianes del orden o a los guardianes del desorden? Al final, unos no eran tan distintos de los otros. ¡Y chance, hasta trabajaban juntos!

La verdad es que, después de estar sentado cómodamente en la minisala de cine de Moscamuerta, viendo el tonto mensaje presidencial, me empecé a sentir de veras molido. Pasada la adrenalina, estaba reducido a un títere sin hilos. Fui a ver mi cara en el espejo del baño. Parecía uno de esos zombis de las series de tevé, con la piel amoratada y los ojos rojos. Me habían puesto una madriza, ¡qué digo: una padriza, una hermaniza! Todavía se me amontonaban las imágenes de granaderos y anarcos repartiendo toletazos y macanazos. Cada vez se parecían más en mi memoria unos y otros: ¡guardianes del orden y guardianes del desorden! ¡Todos ellos, la misma porquería!

Desde la terraza llegaba el sonido de sirenas, en oleadas que iban y venían, según soplara el viento. Había patrullas y ambulancias recorriendo la ciudad de un lado para otro. ¿Cómo se había desatado el caos tan de repente? ¿O más bien: cómo era que yo no me había dado cuenta de lo que sucedía a mi alrededor, hasta que estalló?

Moscamuerta desapareció, creí que yo había dicho alguna de mis acostumbradas estupideces, ofendiéndola sin querer. Después de un rato regresó con un tarro que olía a rayos. "Qué cosa se le ocurrirá ahora", pensé. Quería obligarme a que me quitara la chamarra. Luchamos de a mentiras. Me dolía todo el cuerpo. Era ridículo. Ella quería sacarme la camiseta y yo me resistía. Me daba vergüenza que viera mis flacos brazos, mi piel pegada al hueso, por eso yo no quería. Sólo que, cuando ella se proponía algo, no descansaba hasta conseguirlo. Me aplicó una de sus llaves de krav maga y me puso bocabajo en el sillón, como había hecho con el anarquista, pero no me hacía daño: era de juego. Yo hubiera querido que me diera al menos seis meses para ir a un gimnasio y me viera en mejor forma. Ella destapó el tarro y me empezó a untar la pomada que tenía en su interior por toda la espalda. No sabía de qué era el menjurje ese, pero me entró un sueño tremendo. Me sentía tan pesado, como si el mundo se me viniera encima.

—Con esta pomada se te va a quitar el dolor y la hinchazón.
—¿De qué es?

Me enseñó el frasco. Tenía una etiqueta que decía: "Pomada de peyote, reforzada con árnica". Si al principio me sentí pesado, después de un rato ya me sentía ligero. Me puse a recordar la escena que había imaginado cuando estaba en el suelo y había un torbellino de gas lacrimógeno alrededor de mí y me pisoteaban y yo estaba aterrado, mientras la voz de mi hermanita me tranquilizaba. ¿Qué significaría la roca-escarabajo-libro que nos habían mostrado mis papás entre los matorrales? Era una piedra que estaba viva y a la vez era como un libro, pero que nadie había escrito sino, ¿cómo les quiero yo decir?: un libro escrito, por el propio cuerpo del enorme insecto, en esas alas duras, que vibraban como páginas a punto de cambiarse; esas alas que protegían a las delgadas, casi transparentes, de abajo… Tal vez mi cabeza dañada lo había imaginado sólo para sacarme de ahí mentalmente, y que no me muriera de miedo; para que pudiera soportar… más que los golpes, el terror de sentirme perdido.

Si unas horas antes sufrí la amarga medicina de una buena golpiza, ahora Moscamuerta me recetaba el tratamiento opuesto: sus manos sabían masajear como una profesional. Había aprendido a hacerlo cuando entrenaba krav maga y debía mantener sus músculos y los de sus compañeras en buenas condiciones. Nunca antes le había dado masaje a un hombre, sólo a las mujeres con las que entrenaba. Me habló un poco de sus entrenamientos y me quedé dormido. Creo que no soñé nada, excepto un gran agujero negro. Había una negrura que me rodeaba; una negrura algodonosa que me hizo descansar. No sé cuánto tiempo estuve así, como muerto. Hasta babeé el sofá.

#EternoAdolescente

En algún momento desperté porque de las bocinas del sistema de teatro en casa salía una música impactante, como si hubiera llegado el fin del mundo: la voz de una mujer anunciaba una emisión especial sobre el estado de excepción. La voz pronunciaba *estado de excepción* como el título de una peli a punto de comenzar; una peli en la que estábamos incluidos los espectadores: Moscamuerta, yo y la gente a nivel nacional. Una peli en la que participabas aunque no quisieras y los catorrazos eran de verdad.

Transmitieron imágenes de los disturbios que se presentaron en las principales ciudades del país; la rapiña en farmacias y centros comerciales: gente que se llevaba una pantalla gigante en un carrito del súper; granaderos controlando a la gente, reduciéndola a toletazos y manguerazos de agua fría: por fin pudieron utilizar las modernas tanquetas de agua que habían comprado a un gobierno extranjero y que ya se estaban oxidando; anarquistas incendiando un camión de pan Bimbo; cristales rotos por donde quiera.

Vi a la reportera que andaba fuera del edificio de la policía cuando me encerraron, ahora desde otro ángulo: frente a la cámara de una televisora, comentando los disturbios. Esa misma reportera, después del mensaje presidencial, había conseguido interceptar a un funcionario que, como papá regañón y ofuscado, respondía a regañadientes a sus preguntas, y sólo porque lo habían acorralado con las cámaras y los micrófonos:

—Señor secretario, ¿nos puede explicar cuál es la situación actual?

—¡No toleraremos el vandalismo, no toleraremos la violencia en ninguna de sus expresiones! Desde ahora, el sistema de salud proveerá vacunas, antivirales, cubrebocas y gel antibacterial. Contamos con reservas suficientes para el total de la población.

—¿Qué tan real es la epidemia?

—No queremos alarmar a la población, pero la invito a que acuda a los hospitales y lo corrobore por usted misma. Los casos se han duplicado en la última semana. Pero lleve cubrebocas, porque hacemos lo posible por evitar que la influenza se esparza aún más.

—¿Es cierto que se suspenderán los derechos humanos?

—¡No, no es así! El estado de excepción es una forma de tutela de los derechos humanos del ciudadano. En momentos de crisis, el gobierno se encarga de administrar los derechos del ciudadano, para cuidarlos mejor. ¡Nada más!

—¿Cuidarlos mejor? ¿A quiénes, a los ciudadanos o a sus derechos?

—A ambos.

—¿Como si los ciudadanos fueran menores de edad?, ¿como si no tuvieran la madurez suficiente para tomar sus propias decisiones y saber qué les conviene? ¿No significa esto un retroceso?

—No, usted no comprende... la gravedad de la situación que atravesamos. El gobierno debe y quiere proteger la vida y la integridad de la población. Para ello, hace uso de este instrumento jurídico, aprobado mediante un procedimiento legislativo democrático y transparente.

—Se ha dicho que, entre otras cosas, el estado de excepción busca mantener al ciudadano como un eterno adolescente, para que no crezca; un adolescente al que no se le permite votar, casarse, beber, sacar una licencia de conducir: ¡ejercer sus plenos derechos! O quizá peor aún: que el gobierno quiera ver al ciudadano como un incapacitado.

—Mire, usted no comprende. Usted acusa, en vez de preguntar. Esto no es una entrevista —el funcionario trató de escapar, pero la periodista le cerró el paso.

—Disculpe. Permítame plantearlo de otra manera. Antes, lo pongo en contexto. Hace unos días el presidente de la república reconoció públicamente que existe un desánimo social, que nosotros calificaríamos, con mayor exactitud, de franca inconformidad. ¿Cómo sabremos que, al ejercer esta tutela de los derechos, como usted le llama, el gobierno no caerá en el autoritarismo para acallar por la fuerza las protestas sociales?

—Son dos asuntos diferentes. El mal humor social se debe, en buena medida, a los desafortunados comentarios que a veces se vierten en las redes sociales, y que se propagan sin control, de manera irresponsable. Nada más. Por otro lado, el estado de excepción, por su propia naturaleza jurídica, posee un carácter provisional: mientras dura la crisis que lo origina. No habrá autoritarismo, desde el momento en que no se convertirá en una situación permanente.

—Cuando usted habla del mal humor social, intenta descalificar al ciudadano, tratándolo de inestable porque cambia de humor y se desanima por asuntos menores. Desde allí se advierte que el gobierno quiere tratar al ciudadano como a una persona inmadura a la que hay que…

Sonó el celular de Moscamuerta. Era su papá, llamando desde un remoto lugar del planeta. Se había enterado de lo que sucedía y quería asegurarse de que ella estuviera bien, y pedirle que no saliera de casa: no era necesario, ya que en los refrigeradores había comida suficiente para varios meses. Ella me llevó a la cocina y me los mostró. Tenían abastecimiento de agua y alimento como para resistir, así se declarara la tercera guerra mundial. Su papá era un gran paranoiquetas, ¡un tipazo!

#LloréOtraVez

Moscamuerta me dejó el sofá para mí solo. Bueno, la verdad era que ya no me podía ni levantar para irme al cuarto de huéspedes. Me trajo una cobija y una almohada, y todavía nos quedamos platicando un buen rato. De pronto vi a mi hermanita sentada sobre una repisa, sus piernas colgando, muy risueña ella.

—Tengo que confesarte algo —le dije a Moscamuerta mientras mi hermanita abría mucho los ojos y sellaba sus labios con el dedo índice—. Vas a creer que estoy loco, pero yo hablo con mi hermanita.

—¿Y eso qué tiene de raro?

Luego de contarle la historia con mi hermanita, y cómo ella me había nombrado Bosco, se quedó callada mucho tiempo.

—Bueno, di algo.

—Desde que te descubrí el primer día en la cafetería supe que tenías algo raro.

—¿Por eso me mirabas?

—¿Y ahorita la ves?

—Y la escucho.

—¿Qué dice?

—Que le caes muy bien. Y vaya que no se le da convivir con nadie, ¿eh? Ni con mis papás. Tal vez porque ellos la niegan: para ellos, simplemente no existe —Iris hizo cara de extrañada y negó lo que yo decía, pero al final sonrió. Sabía que sí le gustaba Moscamuerta.

—No es algo muy común; no va uno por ahí diciendo: "Hablo con gente que ustedes no pueden ver".

—No se lo cuento a nadie. Una vez me puse a platicar con mi mamá sobre mi hermanita. Lloró como nunca. No supe si lloraba porque le dolía que su hijo fuera un pobre chiflado o porque extrañaba a su pequeña, que nunca creció. A veces me sucede con la gente que no sé interpretar sus reacciones.

Iris se tapó los oídos, se bajó de la repisa y se echó a correr. ¡Cha!, logré ahuyentarla con esos temas que le fastidiaban siempre. Referirme a ella tan en serio era la mejor manera de que desapareciera. ¿Cómo les quiero yo decir? Fuera de los psicólogos y de mis papás, jamás había tocado el tema de mi hermanita con nadie. No sé por qué, pero hablar con Moscamuerta acerca de mi hermanita tuvo un efecto demasiado fuerte para mí. Se me soltó la lengua, como si la hubiera tenido enrollada y trabada durante mucho tiempo. Ni siquiera con algún psicólogo me puse así.

—… cuando me dijeron que se había muerto mi tía, no lo creí, hasta el día en que fuimos al panteón a dejar unas flores en su tumba. Sólo entonces me di cuenta de que nunca más la iba a volver a ver. Nunca he sabido si mi hermanita está en algún panteón. ¿La enterraron o qué? No quiero ni saber. Me negué a preguntárselo a mis papás. No lo hubiera soportado. Jamás visitaría su tumba, porque ese día ella estaría muerta para mí.

Creo que mi hermanita está viva, así como yo lo estoy, simplemente porque no fui nunca a su funeral. Llegué con mi hermanita a este mundo, tomado de su mano, pero nunca fui a su entierro. Por lo menos, no que yo sepa. No se acostumbra llevar a los recién nacidos a los funerales, ¿o sí? Entonces, para mí, ella nunca ha muerto. ¡Cha!, una verdad del peso de una elefanta embarazada.

—Yo creo que tu hermanita vive dentro de ti, en ti, y nadie tiene derecho a negarlo, porque sería como negarte a ti mismo.

Qué vergüenza, pero lloré. Lloré otra vez frente a Moscamuerta. ¿Cuántas veces le tocaría verme llorar? ¡Un llorón, eso era yo frente a ella: un maldito llorón! Pero ella no lo tomó a mal. Me dio su mano como… como para ayudarme a cruzar un charco apestoso… un apestoso charco de lágrimas que yo mismo había formado. Y, como para consolarme o para distraerme, conectó su laptop a la enorme pantalla y me mostró el videojuego que estaba preparando con su equipo de amigos a distancia, a través de una plataforma virtual, y que estaba basado en el libro que me había enseñado antes de salir: *Diario del año de la peste*. Todavía no lo terminaban, pero ya se podían ver algunos gráficos. ¡Cha!, qué maravilla, me dejó con la boca abierta. Qué difícil es sonreír mientras lloras: asomas los dientes como un idiota y tragas lágrimas y mocos. Créanme, no les hubiera agradado verme así. Reír y llorar al mismo tiempo, qué sensación tan loca.

—Estos personajes se me hacen conocidos.

—Claro que los conoces, son versiones libres de las pinturas del Bosco.

Lo que habían conseguido Moscamuerta y sus amigos era un universo alucinante. Estaban armando un videojuego en donde los personajes pasaban, de pronto, de vivir en *El jardín de las delicias*, a la sombría región de *El juicio final*. Además, para ambientarlo, usaban la musiquita que alguien descubrió que estaba escrita en las nalgas de uno de los personajes que sufría tormento en el infierno musical del Bosco, y la había instrumentado según la época y subido a YouTube hacía poco tiempo.

—Pero no me refería al pintor sino a nosotros, que pasamos, sin darnos cuenta, de una vida cómoda y despreocupada a un infierno en donde sales a la calle y te macanean policías y anarquistas. Tu videojuego es profético.

—No es profético, sino realista. La idea central es que, ante la vida, sólo hay dos actitudes posibles: ser un perseguido o ser un perseguidor.

—Pues sí, esto me recuerda el cuento que me contaba mi mamá: *El último chango en París*, acerca de un chango que llegaba y tiraba del mecate al anterior… ¿Y tú, qué prefieres?

—No es tan sencillo. Pero una cosa te voy a decir: ¡nunca volveré a ser la perseguida!

Se me estaban escurriendo los mocos y Moscamuerta me dio un pañuelo. Me soné y luego ella me abrazó con mucho cuidado, como si tuviera miedo de lastimarme. Me sentí como el niño al que hay que consolar a cada rato, sólo que no me quería sentir así con Moscamuerta; no con ella.

—No creas que siempre lloro. Yo…

—No tienes por qué fingir que los golpes no te duelen o que no sientes tristeza. Eso no es malo. No es malo que un hombre sea sensible, al contrario. Pero en algún momento tendrás que definir una postura: tu propia postura.

¡Cha!, si teníamos la misma edad, ¿cómo carajos podía Moscamuerta ser tan madura mientras yo seguía siendo un niño que lloraba y hablaba de cuentos de changuitos?

#TeVoyAContar

Moscamuerta había conseguido con meses de anticipación los boletos para el concierto de su cantante favorita: Natalia la Focacha. Los había comprado para ella y su novio, pero antes de que llegara la gran fecha, tronaron porque él le puso el cuerno, y ella anduvo bajoneada un tiempo. Luego aparecí yo. Se me quedaba viendo en la cafetería porque le parecía un poco raro.

—¿Un friki?

—No, raro de otra manera. Que te hicieras llamar como el pintor que más admiro y que defendieras tu apodo incluso ante los maestros.

—Pero no es por él.

—En ese momento no lo sabía. Simplemente, no encajabas con la bola de desgraciados de nuestro salón, con chavos como el Simio y compañía.

Moscamuerta había salido tan coqueta, con sus medias caladas y su faldita, sus tacones. Y yo con mi chamarra militar y mi paliacate de Bosco. Yo, que había ensayado mi rutina de malo frente al espejo y había terminado trapeando el suelo con la lengua, mientras que Moscamuerta, tan pequeña, había dominado al anarquista y luego me había sacado de la estación de policía. Ahora estábamos hechos una piltrafa. Sus medias tenían rasgaduras a lo largo del muslo, la falda rota; yo, moreteado hasta por detrás de las orejas y los mocos salidos; y aparte, el país estaba al borde de la dictadura y amenazado por un virus que parecía mortal.

No me di cuenta cuándo mi papá me había mandado otros mensajes. Se los enseñé:

> Noticias buenas y malas. Primero la mala: el virus (largo de explicar, pero no es influenza propiamente) puede ser mortal si no se atiende en las primeras 48 horas. La buena: se contagia por contacto directo. Va a haber muchos muertos, pero no será la gran pandemia que temíamos. Ya se mandaron traer al país más antivirales y la vacuna, pero de aquí a que se controle, pasarán unos días. Sigo acuartelado. ¡Cuídate mucho, por favor!

No sabía por qué, pero hablar de mi hermanita me había sacado mucho de onda. Tal vez ya presentía que pronto dejaría de verla, y no terminaba de aceptar que, tarde o temprano, así sucedería. Moscamuerta logró tranquilizarme con su comprensión y sus cuidados. Ya estaba yo tan repuesto que pensé que finalmente era hora de dormir. Había sido uno de los días más largos de mi vida. Además, quería dejar descansar a Moscamuerta. Le agradecí. Tenía que agradecerle todo lo que había hecho por mí.

Algo cambió entonces. ¿Para mí?, ¿para ella? Fue como si la iluminación de la escena de una peli dejara de resaltarme a mí para concentrarse en ella. A veces, en el cine, como en la vida, la iluminación lo es todo. El juego de luces y sombras, esa madrugada, en la sala del *penthouse*, resaltó la cara de Moscamuerta y ella empezó a contarme lo que había hecho desde que los granaderos me esposaron y me subieron al camión. Ella había tratado de impedirlo, pero fue imposible, ni siquiera le quisieron decir adónde nos llevaban, así que organizó a otras personas que también tenían conocidos en el camión y lo persiguieron juntos en los coches que pudieron conseguir. Afuera de la estación de policía, Moscamuerta estuvo gritando consignas para que nos dejaran libres. Aprovechó que había reporteros de radio y tele para presionar, y habló con la gente de la asociación de derechos humanos que llegó.

—No podía creer que hubieran detenido a menores de edad, a ancianos, a mujeres embarazadas. Teníamos que hacer algo. No podíamos quedarnos ahí como si nada sucediera.

Mientras más hablaba, más se enfurecía. Se puso roja y se levantó del suelo junto al sillón, donde había estado acompañándome. Las luminarias de mi peli imaginaria la siguieron. Comenzó a caminar de un lado para otro. Algo le pasaba. Estaba indignada: estaba temblando y se abrazaba ella misma, dejándose los dedos marcados en los brazos. Yo no entendía por qué. Se dejó caer en el sillón, frente a mí.

—Te voy a contar algo.

Y comenzó a hablar, con una seriedad que me asustó, me paralizó. Era mi turno de escuchar. ¿Podría hacerlo?, ¿sería capaz de dejar de ser el centro de la escena, el foco de atención, al menos por un momento? ¿Podría escuchar al otro, y no sólo a mí mismo y lo que había en mi cabeza? ¿Qué era aquello que Moscamuerta tenía que contarme?

Ella se abrió ante mí y me habló de una ocasión, cuando tenía trece años, y andaba feliz, jugando en el parque de la esquina de la casa donde vivía antes. Aún era una niña. Ahora tenía diecisiete y era otra, había crecido a marchas forzadas. Moscamuerta era una niña cuando, jugando con sus muñecas en el parque, llegaron tres chavos más grandes, se le acercaron sin decir nada y comenzaron a rondarla, a acecharla como lobos. Ella no comprendía lo que pasaba, pero sintió que algo no estaba bien. La acosaron, la persiguieron, a plena luz del día, ¡y nadie hizo nada!; nadie hizo nada, a pesar de que gritó mientras la tocaban y ella quería escapar: rogaba por que la dejaran en paz. Quería escapar, pero no pudo soltarse de esas manos que la apretaban: ellos eran más fuertes, y eran tres. ¡No podía escapar! Por suerte, en el último instante, se escuchó la sirena de una patrulla que pasaba por ahí, de pura casualidad. Ellos se asustaron y se echaron a correr, dejándola tirada en el arenero, junto a sus muñecas, tan desvalida como ellas.

Mucho tiempo Moscamuerta estuvo aterrada. No quería abrir las cortinas de su cuarto. No quería salir a la calle. No quería usar falda. No quería hablar con otros niños. Sus papás se preguntaban qué le sucedía, pero nunca lo averiguaron porque ella no podía decirlo, se sentía culpable. ¿De qué?, ¿de qué era culpable? Con el tiempo ellos asumieron que ella era así: rara nomás porque sí.

Una vez vio un cartel en un poste. "Krav maga: clases de defensa personal para mujeres". Arrancó una de las tiritas de papel con el teléfono y llamó. Ese día su vida cambió. Era un grupo de mujeres que se apoyaban entre sí, y la mayoría había pasado por lo que ella, y por cosas peores, mucho peores, que suceden todos los días frente a nuestras narices: mujeres golpeadas por sus parejas, abusadas, acosadas, asaltadas. La práctica de krav maga le devolvió a Moscamuerta la seguridad. Se aplicó en serio, tres años, para dominar la técnica y que nadie, nunca, volviera a tratar de violentarla. Desde entonces decidió adoptar una postura activa ante la vida: jamás volvería a ser víctima de alguien que quisiera abusar de su fuerza, antes, era capaz de muchas cosas, con tal de defenderse.

—Dos años después… Habían pasado dos años, cuando me encontré a uno de mis atacantes. Lo vi venir y lo reconocí de inmediato. Él ni cuenta se dio. Me miró porque revisaba a cualquier niña o mujer que se cruzaba en su camino, con la misma manera obscena de hacerlo. Lo seguí unas cuadras, hasta que no pude más y lo enfrenté. Le dije quién era. Te aseguro que hasta la fecha no olvida el rodillazo que le di.

Yo no podía creer que tres chavos hubieran acosado y tratado de violar a una niña. Era una cosa terrible. Comprendí por qué su personalidad esquiva; por qué su enojo ante la injusticia de maltratar a gente en desventaja. Moscamuerta no sólo había luchado por mí. Había luchado por ella y por los débiles, los menores de edad, por la gente que no podía defenderse sola y, entre todos ellos, estaba yo.

¡Pero no!, yo no era el centro ni la razón de cada una de las acciones de Moscamuerta en las últimas horas; ni la razón de lo que habían hecho mis padres durante años; ni la razón de mis maestros ni la de nadie.

La cara de Moscamuerta se entristeció: sus cejas se arquearon y sus ojos se hicieron más claros, más azules que verdes. Sus ojos cambiaban de color según su estado de ánimo. Ahora se veían clarísimos. Tal vez porque ya se estaban formando las lágrimas que pronto resbalarían por sus mejillas. Nunca creí verla llorar. Ahí estaba ella, frente a mí, temblando, y no pude sino abrazarla con todas mis fuerzas. Intenté consolarla. Fue mi primera vez. Nunca antes había consolado a alguien. Siempre era a mí a quien terminaban por calmar, por decirle: "Ya, ya, tranquilo". De pronto era yo aquel bote de plástico que funcionaba de salvavidas en la inundación. Sentí que me hacía fuerte, no porque me brotaran músculos mágicamente; no porque tratara de serlo, sino porque alguien, porque ella, que me importaba tanto, necesitaba aferrarse a mí. Yo tenía una vergüenza y un coraje infinitos por lo que le habían hecho. Y no me importó que mis brazos fueran flacos y que yo fuera un huesudo de lo peor.

Sentí el dolor de Moscamuerta entre mis brazos. Antes de esa ocasión, yo no sabía qué era condolerse. No sabía que podías ayudar a cargar, al menos por un momento, el dolor de otra persona. Tantas veces me habían quitado a mí el dolor o me habían ayudado a aliviarlo, y ahora era al revés. Esta vez fui yo quien la tomó de las manos y la ayudó a cruzar el charco de lágrimas para que llegara al otro lado.

Descubrir que yo podía hacer eso, durante aquella madrugada, significó en la piedra que es mi vida, un movimiento, un giro. ¡Cha!, podía ser que yo no fuera un tipo muy listo, que dentro de mí nunca se acabaran de acomodar las piezas que se zafaron cuando reboté de cabeza en la carretera; podía ser un simple clon, un imitador de Travis y su: "¿Me estás hablando a mí?", un falso anarco, un pirado que hablaba con su hermanita imaginaria, pero si era capaz de consolar a alguien como Moscamuerta, entonces, estaba salvado.

#BloqueoDeTwitter

Durante la madrugada se desató un fuerte viento. Entre sueños escuché que las ráfagas de aire producían un chiflido al colarse por debajo de la puerta de la terraza, pero estaba tan agotado que no pude levantarme a tapar la rendija con mi chamarra o un tapete. ¡Cha!, parecía que habían encendido un enorme ventilador como los que se usan para las escenas de tormenta en las pelis, en las que vuelan las hojas y las ramas de los árboles, los periódicos y hasta los paraguas de los actores. En días anteriores la contaminación formaba una nata café que parecía estacionada para siempre sobre la ciudad. Al amanecer, descubrí que el cielo estaba de un azul eléctrico, como hacía meses no se veía. El clima estaba cambiando.

Prendimos la tele. Dijeron que el frío, junto con la contaminación, había provocado que los casos de influenza se multiplicaran. Dijeron que estaban a punto de conseguir millones de vacunas y antivirales. Dijeron que, a partir de ahora, las conversaciones telefónicas y los mensajes privados mediante cualquier sistema de comunicación podrían ser interceptados en cualquier momento, sin la orden de un juez. Dijeron que era necesario imponer la ley seca (no fuera a ser que las masas se volcaran a las calles buscando alcohol). Dijeron tantas cosas esa mañana, que era difícil procesarlas. Dijeron que todo era por nuestro propio bien.

—Recuerde hacer sus compras en los horarios establecidos. Recuerde que la venta de gasolina está restringida —decían en la tele y en la radio a cada rato.

Moscamuerta y yo estábamos asombrados. Era como si hubiéremos despertado en otro país. Un país en donde éramos menores de edad por partida doble. Éramos los menores de edad de los menores de edad, que eran nuestros padres. Porque ahora ellos también estaban con sus derechos mochos. Un país menor de edad con su papá gobierno haciendo de las suyas, ¡cha!, y recontra ¡cha!

Ahora que el viento había barrido la contaminación y había tan pocos coches en la calle, el cielo estaba azul. Sólo tenían permitido circular los coches con placas que terminaban en números nones, y en horarios restringidos; al día siguiente, circularían los pares. A los conductores se les podía marcar el alto en cualquier momento para registrarlos o detenerlos, y sería perfectamente legal. Pero como era fin de semana, hasta el lunes se notaría la diferencia en el tráfico. Mientras tanto, se anunciaba ya la suspensión de clases en las escuelas y había propuestas, en las oficinas de gobierno y en varias empresas privadas, para trabajar desde casa.

La periodista que había acorralado con sus preguntas al secretario de Gobernación, en vivo, durante la madrugada, no volvió a aparecer en su programa de noticias de la tele. Se rumoraba en las redes sociales que la tenían aislada, incomunicada. En Twitter comenzó a ser tendencia una petición para pedir que la liberaran; no se sabía bien si el gobierno la había detenido o si la habían asaltado o secuestrado. ¿Dónde estaba? Nadie sabía. Nada era claro. ¿La habrían amenazado? ¿La estarían torturando?, ¿la habrían ejecutado?, como a tantos periodistas en este país, según me enseñó Moscamuerta. Ella seguía un blog con las historias de los periodistas amenazados y asesinados a lo largo del país, y de los que yo nunca antes me había enterado siquiera.

De pensar en aquella periodista tan valiente, me sentí de pronto tan avergonzado, que le tuve que confesar a Moscamuerta que, un año antes, yo les había hecho pasar a mis papás las peores horas de su vida. Resulta que me había llegado por internet el reto de las setenta y dos horas: se trataba de desaparecer y borrar cualquier rastro para estar ilocalizable durante tres días. "¿Tus papás te quieren? ¡Que te lo demuestren!" ¿Cómo les quiero yo decir? Me pareció una genialidad. Claro que acepté, qué gran broma para mis papás: ¡y en el mero 10 de mayo! ¡Cha!, era como participar en tu propia peli. Salí de casa, apagué el celular y me fui a un hotel. Compré un montón de chetos y me pasé un día entero viendo pelis. Ya iba por las treinta horas cuando pasé por un café internet y decidí entrar para revisar mi Twitter: vi que ya hasta habían activado una alerta ámber para localizarme. Mis papás rogaban, llorando, cualquier dato para localizarme. En las redes sociales, gente que ni me conocía estaba preocupadísima por mí. ¡Se derrocharon tiempo, recursos y muchas lágrimas por mí! Y ya no me pareció tan buena idea, pero antes de que pudiera yo contactar a mis papás para decirles que no se preocuparan tanto, que sólo era un juego y no me había pasado nada, un compañero del salón me echó de cabeza. Cuando me vieron llegar a casa, en vez de que les diera gusto y que me abrazaran contentos, de veras que se puso feo el asunto, y eso que ni siquiera cumplí las setenta y dos horas. Se enojaron tanto conmigo, que casi me corren de la casa a escobazos y, en mi escuela, acabaron por expulsarme. Otra más de las escuelas que tuvieron el gusto de deshacerse de mí. Qué bien metí la pata; incluso, meses después, mi foto de alerta ámber seguía rolando por el feis.

Moscamuerta nada más meneaba la cabeza. Ya ni me dijo lo que pensaba sobre lo que provoqué, gracias al jueguito de las setenta y dos horas… Bueno, no: gracias a mi estupidez, aunque no era difícil adivinar, por su mirada, lo que pensó ella de mí en ese momento.

A los pocos minutos (qué digo minutos: a los pocos segundos) de que se transmitiera el mensaje sobre el decreto del estado de excepción, habían surgido miles de protestas virtuales, desde mentadas de madre al presidente hasta las argumentaciones más completas de abogados expertos en la materia. Twitter estaba en creciente efervescencia a pasos agigantados: casi que ya se anunciaba una revolución, al menos virtual, pero con la idea de volcarla a las calles, en forma de marchas y protestas. Había llamados para una gran manifestación silenciosa que parecía imparable, pero en poco tiempo aparecieron los ejércitos de bots, o sea, miles de cuentas zombis con idénticos mensajes, para obligar a cambiar las tendencias de los *hashtags*. Los tuiteros contraatacaron y volvieron a cambiar las tendencias de las etiquetas. Horas después, Twitter simplemente se cayó y no volvió a funcionar.

—¡Apenas es el primer día del estado de excepción y ya el gobierno bloqueó Twitter! —gritó Moscamuerta mientras tratábamos de entrar con su laptop, porque con nuestros teléfonos era inútil. Y no, tampoco así pudimos. Fueron bloqueando las redes sociales una por una, hasta las menos populares y las que no necesitan ni internet para funcionar. Si hay algo malo con las iniciativas virtuales, es que fácilmente se pueden apagar: basta con bajar el interruptor, y listo. Quedaban los correos y los mensajes privados, pero podían ser interceptados con la mano en la cintura, sólo había que filtrar algunas palabras clave y ya: un *software* barato haría su trabajo. Todo esto me lo explicó Moscamuerta, ahora sí que muerta de coraje.

Ella y yo mirábamos la ciudad desde la terraza del *penthouse*. Si no fuera porque estábamos en estado de excepción, habría sido un magnífico sábado, comiendo una de las mejores hamburguesas que había probado en mucho tiempo, salida de aquellos refrigeradores que eran como tener una carnicería en casa. Me reporté con mi mamá y me dijo que mejor no me moviera de donde me refugiaba sino hasta que la situación fuera más segura. ¿Cuándo iba a ser seguro salir a la calle? Buena pregunta. Mi mamá estaba bien, siguiendo por la tele obsesivamente cada uno de los noticiarios. Le mandé un mensaje a mi papá, pero no me contestó. Seguramente seguía acuartelado.

A simple vista, la ciudad vivía uno de sus mejores días en cuanto a clima y aire puro; vistas de cerca, las cosas eran diferentes. Según la tele, mucha gente no quería salir a la calle por miedo a contagiarse de influenza (que no era influenza, pero quién sabe qué demonios era) y no porque se sintiera amenazada por los patrullajes militares. Usamos el telescopio del papá de Moscamuerta para ver por nosotros mismos lo que sucedía. A la entrada de un minisúper había una cola de gente que compraba botellas de agua; observamos un puesto de cubrebocas y gel gratuitos; una tanqueta lanza agua estaba estacionada cerrando una bocacalle, mientras los granaderos bebían cocacolas despreocupadamente; una cuadrilla de barrenderos, afuera de un banco, limpiaba los destrozos del día anterior; por primera vez en años, la calle estaba limpia de puestos ambulantes; algunas personas se asomaban por la ventana, como tratando de ver sin que las vieran; cada cierto número de azoteas alcanzamos a distinguir soldados con binoculares y radios de mano; además, un helicóptero sobrevolaba el área en círculos.

¿Eso era el estado de excepción? ¿Bloqueos en Twitter y en las calles? ¿Tener el control máximo en la vida real y la virtual? ¿Eso era lo que buscaba papá gobierno, tratarnos como adolescentes castigados en su cuarto?

#Perla

En uno de los niveles del videojuego en que Moscamuerta y sus amigos trabajaban, un trío de lunáticos perseguía al jugador para abrirle el cráneo. Uno de los perseguidores usaba como sombrero un embudo metálico, otro llevaba un libro cerrado en la cabeza y, otro más, vestido de sacerdote, traía una botella de vino. Sí, los habían sacado de aquel cuadro del Bosco que mi papá me enseñó para demostrarme, según él, de dónde había yo robado mi nombre.

—"Extracción de la piedra de la locura"—pronunció Moscamuerta y me extendió un libro en el que había un poema que se llamaba igual. Era el poema de una tal Alejandra Pizarnik:

La luz mala se ha avecinado y nada es cierto. Y si pienso en todo lo que leí acerca del espíritu... Cerré los ojos, vi cuerpos luminosos que giraban en la niebla, en el lugar de las ambiguas vecindades. No temas, nada te sobrevendrá, ya no hay violadores de tumbas. El silencio, el silencio siempre, las monedas de oro del sueño...

Lo leí completo. No estaba escrito en verso, como según yo se escribía toda la poesía, sino en prosa. Aunque me produjo algo muy adentro, no supe decir qué era; algo parecido a un malestar, un retortijón; parecido al recuerdo de un suceso que nunca viví o un momento de enfermedad, como cuando me empapaba de niño con la lluvia, por andar jugando en la calle, y luego me daba fiebre.

—Perdóname, no quiero ser grosero. Desde la otra vez te lo quería decir, pero yo no entiendo la poesía ni tu intención de adoctrinarme en la lectura, y mucho menos en un momento como el que estamos viviendo —le confesé a Moscamuerta, regresándole el libro como si fuera un insecto que me fuera a picar. Creo que hasta levanté la voz.

—Ya sé que no entiendes. Tal vez no haya nada que entenderle a la poesía. La cosa es plantear la pregunta correcta. Tú, por ejemplo, sabes que te vas a morir algún día, tarde o temprano.

—Pues como todos.

—Saberlo es lo de menos: ¿alguna vez lo has sentido?, ¿alguna vez has sentido realmente que estás a punto de morir?

—No sé por qué me lo preguntas. A veces he pensado que me quiero morir. Pero la primera vez que lo sentí de veras fue ayer, cuando estaba en el suelo y me pateaban policías y anarquistas al mismo tiempo. En el peor momento, mi hermanita Iris me sacó de allí y tuve una… una visión; imaginé una cosa muy loca… Pero no creo que éste sea el momento para sentarnos a leer. Tú misma dices que hay que hacer algo y no ser pasivos: no dejarnos atrapar.

—Es que ya nos atraparon, desde antes. Estamos en un momento importante, es cierto. Nada es coincidencia.

Moscamuerta señaló a los tres personajes en el monitor de su laptop. Estaban como sin estar, pero al mismo tiempo, parecían tener un peso y una dimensión reales. Tocó al del embudo en la cabeza y se movió, mostrando su cuchillo para abrir cabezas. Luego activó a los otros dos. El trío de personajes me pareció de lo más terrorífico. Abajo aparecía una cinta con unas palabras en holandés.

—"Maestro, extráigame la piedra, mi nombre es Lubber Das", o sea: alguien que es como el tonto del pueblo. Para el Bosco, la piedra de la locura significa la piedra de la necedad o de la estupidez, que el tonto pide que le saquen de la cabeza para ser normal, para ser como los otros… Pero para mí, se trata de algo más.

—Pues creo que no es una mala idea, a mí también me deberían sacar la piedra de la estupidez, esta piedra que rebota dentro de mi cabeza desde que me caí del coche en la carretera.

—La explicación más conocida es que se trata de un trío de estafadores, que hacía creer al paciente que le sacarían una piedra del cráneo para curarlo. En realidad, sólo le sacaban un poco de sangre de la parte superior de la cabeza y, al final, le enseñaban una piedra que traían escondida. O sea, le tomaban el pelo al tonto. Yo tengo una explicación distinta.

—¿Y cuál es?

—Imagina que vives en un reino en donde, a cada recién nacido, y sin que sus padres lo sepan, se le hace una finísima perforación en la cabeza, mientras todavía tiene suave la mollera porque los huesos del cráneo no se han fundido. Les hacen este agujero y por allí les implantan un grano de arena, exactamente entre los dos hemisferios del cerebro. Los niños crecen y viven su vida aparentemente normal. Ellos no se dan cuenta de nada; no se dan cuenta de que están siendo utilizados para cultivar una rara y valiosa perla, que tarda años en formarse, tarda años en recubrirse con las secreciones del cerebro; digamos que tarda poco menos de dos décadas en madurar. Los habitantes de este reino van a la escuela, trabajan, comen, ríen, ven pelis —Moscamuerta me miró fijamente— y duermen sin sospechar que solamente son utilizados como cerdos en engorda. Una vez que llegan a la edad adecuada, simplemente los acorralan y les extirpan la perla, y luego ellos son desechados como las conchas de una ostra sin valor.

—Y, según tú, la edad adecuada para extraer la piedra sería como...

—... a los dieciocho años.

En el videojuego de Moscamuerta y sus amigos siempre había dos posibilidades, por ejemplo: podías ser el que huía de la peste o eras la peste misma. En cada uno de los niveles del videojuego por los que ibas atravesando, podías estar de un lado o del contrario. En el nivel que actualmente trabajaban, tocaba escoger entre el que perseguían para extirparle la piedra de la cabeza y entonces tenías que evadirte a toda costa, escapar, esconderte y tenderles trampas a tus enemigos; o podías convertirte en uno de los cosechadores de las valiosas perlas dentro del cerebro de las personas y te dabas el insano placer de acosar a los tontos, de acorralarlos para forjar una fortuna a costa de ellos, o más bien *dentro* de ellos, para luego desecharlos como cáscaras.

Mientras admirábamos el avance de Moscamuerta y su apocalíptico videojuego, en una ventana pequeña del monitor, donde estaba activo un canal de la tele abierta, comenzaron a transmitir la conferencia del secretario de Gobernación (¡el mismo que se defendía horas antes contra la periodista que ahora estaba desaparecida!). Moscamuerta agrandó la ventana y escuchamos el palabrerío del tipo.

—Gracias a la nueva estrategia, diseñada para fortalecer los cuerpos de seguridad, la Secretaría de Cultura entra en suspensión de funciones para evitar grandes concentraciones de públicos y, además, para que su presupuesto pase de inmediato a la Secretaría de Seguridad Pública. Con esta medida, evitaremos la propagación del virus de la influenza, cuidaremos de la integridad física de los ciudadanos y a la vez se destinarán recursos suficientes para dotar a los cuerpos policiales de equipos de última generación.

—¡Éste es un maldito trepanado del cerebro! ¡Cómo odio sus mensajes, sus discursos que te enredan con palabras vacías, palabras retorcidas para decir una cosa diciendo otra! —gritó Moscamuerta tan enojada que cerró su laptop de un manotazo.

—Tranquila. Apenas empieza el estado de excepción y…

—¡Eliminar la Secretaría de Cultura es tanto como trepanar en línea a todos los habitantes de un país!

—Ahora que lo dices, me acabo de acordar de una peli documental que vi sobre un doctor… Lo curioso es que también era de donde el Bosco, pero como de los años sesenta. Va más o menos así: hay un tipo en Holanda que sabe bien que, entre más viejos somos, más unidos están los huesos de nuestro cráneo. Naces con la cabeza blanda y se te va endureciendo con el paso del tiempo: envejecer es tener la cabeza más dura. Pues un día, este tipo se levanta y se le ocurre que, para mantener la cabeza joven y flexible, sería indispensable tener un hoyo en la frente, así que él solito va y se hace una perforación. Está tan convencido de los beneficios de perforarse la cabeza, que incluso forma una especie de secta en la que la gente se perfora el cráneo ella misma.

Buscamos la información en internet, y sí, se trataba de Bart Huges, que estuvo a punto de graduarse como médico, pero su afición a la mariguana lo impidió y terminó convirtiéndose en librero. Él comenzó un movimiento a favor de la trepanación con la finalidad de provocar un aumento del flujo sanguíneo en el cerebro, que serviría para mejorar las funciones cerebrales. Había una foto del doctor trepanándose con un taladro de dentista, frente a un espejo (¿casualmente o no?), muy cerca de donde le abren la cabeza al tonto de la pintura del Bosco.

—A lo mejor lo que buscaba era la perla: sacarse su propia perla y venderla, ¿no? —le digo a Moscamuerta.

—No, lo que quería era nunca convertirse en adulto.

—¿Pero qué tal si de veras es una forma de que se te acomoden las piezas en el cerebro y te vuelvas más listo?

—Todo lo contrario: se trata, más bien, del mayor logro de un dictador; un dictador tan exitoso, tan seductor, que acaba por convencerte de que tú mismo te trepanes, porque piensas que es lo mejor para ti.

#EludimosRetenes

No hubo un fin de semana más muerto que aquél. Habían transcurrido las primeras cuarenta y ocho horas sin novedad, excepto porque la ciudad se afantasmaba minuto a minuto. Parecía un capítulo de *La dimensión desconocida*. En la tele transmitían la mugre de siempre, pero aderezada cada hora con informes sobre el reparto de cubrebocas, gel y antivirales en hospitales y estaciones del metro, y las restricciones para el lunes, que ya se acercaba. Moscamuerta me dio asilo en su paraíso privado. Dormí, descansé y me recuperé de los dolores del cuerpo. Hasta tuve tiempo para pensar en lo que habíamos estado hablando. Sólo quedaron mis moretones como huella de lo que pasó. Pero lo bueno (dentro de lo malo que era el estado de excepción) siempre se termina pronto.

Desde lo alto del edificio, donde contábamos con una pantalla enorme para disfrutar de los mejores videojuegos durante horas y horas, con refrigeradores tan repletos de deliciosa comida que no tenían ni en varios restaurantes a la redonda, y con un telescopio con el que fisgoneábamos hasta a los soldados que se dedicaban, a su vez, a fisgonear a la gente; aun con todo esto, teníamos que bajar en algún momento; bajar de nuestra torre, al nivel del suelo, y poner los pies sobre el asfalto, como visitantes de otro mundo. Y todo porque uno de los visitantes de aquel otro mundo tenía que ver a su mamá, porque de pronto ella no contestaba más el teléfono. Y si, cerca de un año antes, el visitante le había hecho la mala, malísima broma a su mamá justo el día de las madres, de desaparecer casi por setenta y dos horas sin dejar rastro, ahora quien se había esfumado era ella. ¡Cha!, no daba señales de vida y mi papá me había dicho claramente: "Cuida a tu mamá".

Y claro que Moscamuerta, tan buena onda conmigo, tan preocupada, no quiso dejarme ir solo, ¿por solidaridad?, ¿para protegerme? Dijo que ya me habían puesto una golpiza y no quería que me siguieran maltratando. Yo traté de convencerla de que no era necesario que abandonara su seguridad para arriesgarse; que no era su culpa lo que me pasó por acompañarla al concierto al que nunca llegamos. Parecía mi guardaespaldas. Más pequeña de estatura que yo, con todo y mi paliacate de (chocolate) Bosco y mi pose de: "¿Me estás hablando a mí?", ella era de temer.

Esto no va de zombis ni de vampiros, pero casi. A plena luz del día, la calle daba desconfianza por estar tan vacía. Las pelis de terror suelen suceder de noche, a oscuras, o por lo menos en días nublados o lluviosos. El cielo estaba radiante, ya sin la nata café de la contaminación, y sin el frío atípico que duró hasta mediados de abril, y esto no era una peli de terror, pero entraba miedo nada más de ver las calles desoladas.

Tomar un taxi no nos pareció buena idea, además de que no pasaba ninguno libre. Decidimos caminar por la avenida más ancha. A unas cuantas cuadras, vimos desde lejos un retén de policías. Las pocas personas que caminaban por la calle, en grupos de cuatro o más, iban como zombis, arrastrando los pies, desconfiadas, hartas de tener que andar a pie, ya fuera porque su coche no circulaba o porque no habían alcanzado a cargar suficiente gasolina; todas ellas trataban de evitar el encuentro con cualquier tipo de policía, desviándose a la primera oportunidad por la calle que pudieran. Lo mismo hicimos Moscamuerta y yo. Vimos que en una esquina, desde la ventana abierta de una casa, a nivel de la calle, alguien se asomaba de vez en cuando para ofrecer botellas de agua y refrescos. No quedaban puestos callejeros, pero ya existía un trafique de artículos que cada vez costaba más trabajo conseguir, debido a los controles para su venta. Hasta rollos de papel de baño y jabones ofrecían clandestinamente.

—Los gobernantes son unos vampiros —dijo Moscamuerta.

—Y los demás son unos mosquitos chupasangre.

Avanzamos por la colonia sin encontrarnos casi a nadie, aunque sabíamos que, desde alguna azotea, alguien nos vigilaba. Eludimos los retenes que pudimos hasta que nos salió una patrulla que nos obligó a pasar por uno. Hicieron que me quitara mi paliacate de Bosco, porque estaba prohibido andar en la calle con el rostro cubierto.

—Pero están repartiendo cubrebocas. No entiendo.

—Los cubrebocas están permitidos. Los paliacates o pasamontañas, no. Te podemos confundir con un delincuente. No quieres que eso suceda, ¿verdad?

Enseñamos nuestras credenciales de la escuela y dijimos adónde íbamos. Por suerte, no les parecimos interesantes. Nos dejaron ir sin problema. Caminamos en silencio. En algunas jardineras empezaban a acumularse la basura, las cacas de perro y las moscas.

A punto de llegar a casa, vi a mi hermanita, como si saliera a recibirnos. Se acercó caminando y me tomó de la mano. ¡Cha!, me dio tanto gusto encontrarla de nuevo. Que a ella no le sacara de onda la presencia de Moscamuerta era buena señal… ¿O más bien, al revés?: que Moscamuerta no se mosqueara porque yo le diera la mano a mi hermanita imaginaria era espléndido.

Abrí la puerta. En casa todo parecía en calma, excepto por la tele prendida. Transmitían en vivo un conato de violencia en otra ciudad. Unos anarquistas locales lanzaban piedras y bombas molotov contra la fachada de un edificio del gobierno, pero de inmediato fueron reprimidos por las fuerzas de seguridad: así demostraban que, gracias al estado de excepción, cada vez era más fácil pacificar al país y cuidar de él. De mi mamá, ni sus luces, no aparecía por ningún lado. Iris se dejó caer en el sillón como si estuviera demasiado cansada, y fue cuando me di cuenta de que, junto a ella, estaba el celular de mamá, descargado, muerto por completo.

#PosMeSalto

No había ningún recado de mamá, ni pista alguna ni nada de nada. Era tiempo de llamar a papá. Por mucho que me chocara interferir con su acuartelamiento, debía hacerlo. Hasta ese momento me di cuenta de que nunca habíamos hablado por teléfono. Las manos me sudaban. Iris me miró con una seriedad que me dio mala espina, luego se encogió de hombros y agachó la cabeza meneándola de un lado para otro. Moscamuerta, al notar mi atarantamiento, marcó por mí y me pasó el celular. Después de dar el tono algunas veces, ¡la que contestó fue mi mamá!

—¿Qué pasó? ¡Estoy en la casa! —busqué con la mirada a mi hermanita, como para apoyarme en ella, pero ya no estaba.

—Es que te traté de hablar varias veces, pero no había señal desde la casa y luego perdí el teléfono por salir corriendo.

—¿Dónde estás?

—Tienes que venir. Tienes que a ver a tu papá. Sí, es mejor que vengas de una vez.

—Pero, ¿qué pasó? ¿Adónde?

—Las cosas se salieron de control y tu papá no supo… Bueno, no supimos… ¡No era bueno trabajar así! En cualquier momento se escaparon los monstruos que tenían amarrados... ¡Nadie sabe nada!

A mi mamá le temblaba la voz y empezó a decir cosas medio incoherentes. Por más que le preguntaba, no me respondía. Sólo entendí que no había tiempo que perder. ¡Cha!, ¡me dio la dirección del Instituto Nacional de Enfermedades Respiratorias! Estaba al otro lado de la ciudad. Yo sabía bien que los laboratorios donde trabajaba mi papá tenían relación directa con varios hospitales, no por nada eran los laboratorios nacionales, ¿pero por qué tenía que ir a buscarlo a ese lugar? A menos que... No quise pensar en que algo malo le hubiera sucedido. A lo mejor simplemente seguía acuartelado, pero ahora estaba haciendo algo en ese hospital, que tenía que ver con lo del maldito virus de la influenza que no era influenza. Agarré mi mochila y metí lo primero que pude. Más tarde me di cuenta de que era un poco absurdo haber metido, entre otras cosas, un viejo pisapapeles.

—Ni creas que te voy a dejar solo —dijo Moscamuerta mientras salíamos de casa a la carrera.

Era tan obvio que ella, en tan poco tiempo, ya me conocía demasiado y se había convertido en mi apoyo. No quise perder el tiempo, como me hubiera encantado, en hacerme el valiente, el independiente, para actuar la clásica parte en la que el héroe recita su parlamento:

—Debo hacer esto solo.

Me sentía tan aturdido... La verdad es que me atacó una especie de sordera, como cuando sales de un concierto y, por haber quedado cerca de las bocinas, ni tú mismo te escuchas. La calle estaba más vacía que antes. Moscamuerta buscaba una buena ruta en el mapa de su teléfono, tomando en cuenta que no había taxis ni colectivos a la vista. Tal vez los choferes temían a los retenes y a los cierres de calles, que se estaban dando cada vez más seguido, según los reportes de la tele. Tendríamos que caminar al metro, que sí debía estar funcionando. Tratábamos de evitar las avenidas grandes, para llegar lo más rápido posible a la estación.

De pronto sonó una voz tan potente que Moscamuerta se tapó los oídos con las manos y que yo alcancé a escuchar como si tuviera el silbato de una fábrica dentro de mi cabeza. Estaban usando los altavoces de la alarma sísmica para obligar a la gente a que pasara por los retenes policiacos. Eso era estar bajo el estado de excepción, ¿verdad? Cuando escuché esa voz, salida de la peor de mis pesadillas, esa voz que nos ordenaba a Moscamuerta y a mí que perdiéramos un tiempo tan valioso para ir y formarnos, y que revisaran nuestras credenciales y nos dijeran alguna tontería, supe que tendríamos que rebelarnos, costara lo que costara.

Cuando llegas al punto en que no es necesario hablar para entenderte con alguien, creo que has conseguido algo muy valioso. Y tan difícil que es conservarlo. Pero no pensé nada de eso en aquel momento. Pensé, más bien, que era urgente ver a mi papá. Tomé de la mano a Moscamuerta y ella reaccionó de inmediato, sin que le dijera nada. Nos echamos a correr como si nos persiguiera el diablo. ¡Cha!, para variar, pensé que era como una escena de otra peli de culto, del siglo pasado, pero que siempre me hipnotizaba: *Los guerreros*. La parte en que los de la pandilla buena entran corriendo al metro de Nueva York para huir de la pandilla enemiga. Moscamuerta y yo doblamos a la derecha en la esquina, para evitar el retén, y ganamos la calle paralela. Dos cuadras adelante volvimos a doblar a la derecha y alcanzamos la entrada. Los altavoces nos voceaban. Gente se asomaba por la ventana de su casa y se volvía a meter. Un policía venía detrás de nosotros. Bajamos corriendo las escaleras y brincamos los torniquetes igualito que los de #PosMeSalto, de cuando subieron el precio del metro y seguía siendo una porquería. Tuvimos suerte, el convoy ya se iba y entramos justo cuando se cerraron las puertas. Estábamos eufóricos y afónicos, sin aire para hablar. Había mucho espacio para sentarse: el vagón estaba vacío.

¿Nos perseguirían, nos esperarían en la siguiente estación? Decidimos escondernos debajo de unos asientos. Al llegar a la otra estación, las puertas se abrieron. Hubo demasiado silencio, y sólo hasta que las puertas cerraron de nuevo, nos relajamos.

#IrisEterna

A lo lejos vimos que la entrada del Instituto Nacional de Enfermedades Respiratorias parecía una sucursal del infierno. Antes de acercarnos más, me quité el paliacate de Bosco, lo desgarré por la mitad y le ofrecí el pedazo de camiseta a Moscamuerta. Había que protegernos. La mayoría de las personas tosían, se veían afiebradas, alguna vomitaba y muchas de las que estaban sentadas en el suelo no atinarías a decir si estaban vivas o muertas. Se parecía tanto a lo que me había dado a leer Moscamuerta: *Diario del año de la peste*, que me causó un escalofrío. La gente trataba desesperadamente de ser ingresada o de que atendieran a algún pariente suyo. Desde atrás de la reja, el encargado de la vigilancia, una y otra vez, daba la misma respuesta:

—El hospital está saturado. Tome una ficha para que sea canalizado a otro centro de salud.

Las fichas eran unos papeles cortados a mano, con un número garabateado. Era la escena opuesta a la de la delegación policiaca. Todos querían entrar y los policías que rondaban afuera, en cualquier momento, iban a empezar a toletear a la muchedumbre para que se alejara. Moscamuerta y yo tratamos de colarnos, fue inútil alegar que sólo iba a ver a mi papá, que no queríamos que nos atendieran.

—¿Dónde está su pase? ¡Sin pase no puede visitar a ningún paciente!

Quise explicarle que ni siquiera sabía si mi papá estaba trabajando o era paciente, pero fue imposible, entre tanta confusión. De nuevo, sin decir palabra, Moscamuerta y yo nos tomamos de la mano y corrimos hasta doblar en la esquina, ahora, hacia la entrada del estacionamiento, justo a la altura en donde la barda era más baja. Moscamuerta fue tan ágil que me ganó a trepar y, todavía desde arriba, me ofreció la mano. Llamé al celular de papá para preguntarle a mi mamá en dónde estaban, pero no contestó nadie.

El instituto era demasiado grande como para adivinar dónde estarían ellos. Nos colamos por la puerta de cristal del primer edificio que encontramos. Adentro, las cosas no parecían mejor que afuera. Médicos y enfermeras, vestidos con filipinas azules, rosas y blancas, iban y venían por el pasillo, con gesto de preocupación, pero también había gente con camisas arremangadas y corbatas aflojadas, algunos con cubrebocas, cargando iPads o tubos de laboratorio. Me atreví a preguntarle por mi papá a una mujer de cabello pintado de rubio, inclinada sobre un escritorio, que revolvía papeles, mientras sostenía el auricular de un teléfono entre el hombro y la mandíbula. Por el gesto que hizo, creí que había tenido suerte a la primera, eso quise creer, pero nos gritó indignada:

—¿¡Qué hacen aquí!? ¡No pueden entrar aquí!

Salimos rápidamente, no queríamos llamar la atención y provocar que nos sacaran del hospital. ¿Qué hacer? Nos sentamos en la bardita de piedra de una jardinera. ¡Cha!, era desesperante mirar aquellos caminos de cemento entre el pasto, que conducían hacia diferentes edificios, y no saber cuál tomar, no tener la menor idea de cuál de ellos nos podría llevar con mis papás.

Escuché una voz, tal y como la primera vez que la escuché: ¡la voz de mi querida hermanita! Pero esto no era un sueño, no era un laberinto, era la más pura realidad, una angustiante realidad.

—¡Bosco, por aquí, Bosco!

—¿Por dónde?

—No sé —contestó Moscamuerta, y de inmediato calló porque se dio cuenta de que no hablaba con ella.

Me levanté de la barda de piedra como hipnotizado. Tenía que detectar de dónde provenía la voz de Iris. No había otra guía que su voz, su voz de niña.

—¡Bosco, Bosco!

—¿Dónde estás?

Moscamuerta me siguió. Tal vez pensaría que yo estaba loco, pero respetó mi locura y fue conmigo, adonde quiera que nos dirigiéramos. Yo trataba de seguir la pista. Apenas si escuchaba a mi hermanita.

—¡Por aquí, Bosco, por aquí!

Daba un paso tras otro, con la esperanza de llegar a algún lado. Giré a la izquierda y ahí estaba Iris, bajo la luz radiante del sol, que iluminaba sus cabellos volviéndolos dorados. Ahí estaba Iris, con su gran sonrisa. En ese momento yo no lo sabía con mi cabeza, con la piedra suelta dentro de mi cráneo, pero lo presentía con el corazón: era la última vez que la vería. Me quedé contemplándola sin saber nada más. Su imagen perfecta, eterna, que trascendía el sueño y cualquier otra realidad: la de la vida y la de la muerte. Iris siempre sería ella, por siempre y para siempre. Aunque ahora se desvaneciera, justo cuando yo alcanzaba a escuchar otra voz.

#ElPisoSeMeMueve

Mientras alguien iba subiendo a su coche, una mujer le pedía, le rogaba, que la dejara cargar su celular porque estaba muerto y necesitaba hacer una llamada con urgencia.

—¡Señora, lo siento, hágase para allá, tengo que salir de inmediato!

Se escuchó un portazo y el coche se echó en reversa quemando llantas. Quedó entonces a la vista aquella mujer de la que sólo había escuchado su voz: ¡era mi mamá!, que, con los ojos llorosos, se aferraba al viejo teléfono de mi papá como si fuera un rosario. ¡Cha!, había salido a buscar un cargador porque en la recepción no le habían hecho el menor caso. Las secretarias y las enfermeras estaban enloquecidas con el sobrecupo.

—¿Dónde está mi papá? ¿Qué le pasa?

No hubo tiempo para presentaciones ni para explicaciones de por qué andaba yo moreteado como un dálmata. Mi mamá me miró con cara de susto y luego vio a Moscamuerta. La boca se le trabó un momento.

—¡Ven, vengan rápido! —alcanzó a decir.

La seguimos hasta la entrada del hospital. Ni siquiera nos hicieron caso cuando pasamos frente a la recepción. Quizá no nos vieron, y si nos vieron no les importó porque trataban de acomodar una camilla más en el ya abarrotado pasillo. Hacía un calor sofocante, debía haberse descompuesto el aire acondicionado. Mi mamá dijo que era casi hasta arriba, pero ni pensar en los elevadores; acababa de llegar uno y estaba atascado: algunas personas querían entrar, mientras que los de adentro, uno de ellos en silla de ruedas, no lograban salir debido al tumulto. No era que, en casos de emergencia, la gente sacara lo mejor de sí, como a veces dicen. Antes, todo lo contrario. Nadie daba preferencia a los enfermos, a los que no podían caminar, a los ancianos. Cada quien veía por lo que necesitaba, por sí mismo.

Abrimos la puerta que daba a las escaleras. Ahí también había revuelo, pero pudimos subir, a pesar de que cargaban hasta con tanques de oxígeno. Subimos varios pisos sin pararnos a descansar, excepto cuando había que dejar pasar alguna camilla. Íbamos de un piso al nivel intermedio y de ahí al siguiente piso. No supe cuántos fueron. Ya no me fijaba en los números. Veía pasar escalones, caras, batas, bolsas de suero, muletas, y seguíamos. ¿Cómo era posible que mi mamá resistiera tanto esfuerzo? Ya casi nunca la veía salir a correr por las mañanas, y ahora subía y subía con una agilidad irreconocible.

Por fin llegamos a uno de los últimos pisos. Todavía avanzamos por un largo pasillo, atravesamos una puerta, otro pasillo y luego una puerta de cristal que decía que estaba prohibido pasar. En ese piso había mucha menos gente, y ya nadie nos decía nada, cada quien estaba en lo suyo. Nos detuvimos frente a un gran cristal, con un marco, que daba hacia una habitación cerrada.

Mi mamá señaló hacia el interior. En el centro, rodeado por diversos aparatos y bajo una luz gris, había una especie de saco de dormir inflado, con forma cilíndrica de color azul. El cilindro era de lona, contaba con un medidor, un par de controles y unos tubos de plástico conectados, además de una ventanilla de hule a través de la que pude ver... ¡el perfil de la cara de mi papá, con los ojos cerrados! Mi papá estaba dentro de aquel cilindro que se inflaba y se desinflaba un poco cada vez, al ritmo de la respiración.

—Es una cámara de oxígeno portátil. El último recurso. Ya agotaron todo lo posible. Si con esto no vuelve a respirar por sí mismo...

—¿Se contagió?

—No sabemos cómo sucedió. Tu papá siempre ha sido muy cuidadoso en el laboratorio.

—¿Por qué no me avisaron?

—Ni a mí me dijo que se sentía mal. Fue muy rápido. Cuando llegué ya no podía respirar. Y sólo porque ha trabajado con gente de aquí, sólo porque lo conocen y saben que era parte del equipo que investigaba el virus fue que consiguieron esta cámara portátil. Los pulmones de acero que tienen ya están ocupados, y la lista de espera es larga.

Junto a mí, Moscamuerta respiraba agitada, sin atreverse a decir palabra. Miré de nuevo ese gusano azul que se había tragado a mi papá. La tela vibraba con cada respiración. De pronto fue como si me hubieran dado un tubazo en la cabeza: estábamos mi mamá, yo y Moscamuerta (en vez de mi hermanita Iris), mirando de frente esa especie de insecto enorme, azul, con unas alas que no eran alas y que vibraban como si le costara trabajo echarse a volar. Todo era casi idéntico al alucine que tuve cuando me pateaban en el suelo granaderos y anarquistas. Nada más que mi papá, en vez de estar junto a nosotros, estaba dentro del gusano azul.

Sentí que el piso subía y bajaba como si el concreto formara una ola; mis rodillas se flexionaron por puro instinto, para mantenerme a la misma altura. Sentí que los dientes se me caían. Sentí tantas ganas de llorar, que esta vez no pude hacerlo, estaba conmocionado. Cuando tuve el alucine del día de campo con mis papás, y que luego nos llevaban a mi hermanita y a mí entre los matorrales para ver la piedra-escarabajo, fue como llegar a un oasis, un refugio que me hizo sentir bien, seguro, en el momento que más lo necesitaba, porque creí que me iba a morir. Ahora frente a una escena tan parecida, el efecto que me provocaba era el contrario: sentí que se me salía la dentadura entera, y que me iba a morir nada más de saber que mi papá ya no podía respirar sin la ayuda de la cámara de oxígeno.

Sentí que me faltaba el aire; casi no podía respirar. No quería desmayarme, luchaba por mantenerme en pie, pero me sentía fatal. Me agarró el maldito tic nervioso del cuello. Moscamuerta me ha de haber visto tan pálido que me llevó a que me sentara en un sillón. Mi mamá se acercó a nosotros.

—Hola, perdona lo grosera, soy la mamá de…

Por segunda vez en tan poco tiempo, escuché mi maldito nombre oficial, pero ya no me importó. Estaba pensando que apenas unos días antes yo quería que mis papás se divorciaran, o por lo menos que se separaran, para poder tener dos casas, como algunos de mis amigos, y hacer lo que me diera la gana. Ahora, rogaba nada más por que mi papá volviera a respirar.

#GusanoAzul

A veces uno no entiende por qué hace las cosas. A mí me sucede de vez en cuando y hasta más veces. Metí la mano en la mochila que llevaba y saqué el pisapapeles. No entendía por qué lo había metido. Mi papá me lo regaló de niño. Él había ido de viaje a Quiensabedónde y me lo llevó a casa de regalo. Nunca lo usé para lo que servía, sino para mirar cómo se alborotaba la diamantina en su interior e imaginar tormentas, remolinos, paisajes marcianos, monstruos marinos; tantas historias que cabían en su interior. Con qué poco se entretiene uno de niño, y hasta puede ser feliz con un pedazo de cristal, aceite y diamantina. Uno es feliz, también, mientras su mamá le cuenta un cuento que, de seguro, ella misma inventó, y le pone el título más disparatado que pudiera haber, pero uno jura y perjura que sí existe. Quizá yo me había golpeado la cabeza de chiquito y desde entonces fue mi pretexto para justificar mis tonterías, pero uno crece, los pantalones le empiezan a quedar cortos, la voz cambia y la vida ya no se trata de un juego. Ahora iba en serio. Mi papá estaba a punto de irse; estaba a punto de dejar el interior del gusano para… ¿para qué?, ¿para transformarse en una mariposa y echarse a volar? ¿O, simplemente, para convertirse en carne para los gusanos más pequeños? Ojalá hubiera sabido una respuesta: *la respuesta*.

Moscamuerta me trajo una coca para reanimarme. Le di un sorbo, pero no me supo a nada. Estaba perdiendo el oído y ahora el gusto, cada uno de los sentidos. Estaba como ido. Estaba como alejándome. Moscamuerta y mi mamá intercambiaban palabras sin que yo entendiera una sola. Un pedazo de mi corazón se desprendía, sabía que algo estaba sucediendo, sin que yo pudiera hacer nada para detenerlo. Era como si la diamantina de mi pisapapeles se escapara por algún agujero invisible.

Mi mamá se levantó y, a señas, le entendí algo así como que necesitaba hacer unas llamadas. Se fue por el pasillo y desapareció. Claro, no había cargado el teléfono de mi papá todavía, y el suyo lo dejé en casa, también descargado. ¡Cha! Así era nuestra comunicación familiar, ¡bonita comunicación!: dos teléfonos sin pila y yo medio sordo. Moscamuerta se sentó a mi lado y me tomó de la mano. Su mano, para mí, en ese momento era como un guante de beisbol. ¿Qué me estaba pasando?

—Puedes llorar —dijo ella.

—Sabes que soy un llorón, pero ahora, aunque quiera, no puedo llorar. No me sale ni una lágrima, como si las tuviera todas atoradas muy adentro.

Entonces ella buscó en su teléfono un poema y me lo dio a leer:

Lo fatal
Dichoso el árbol, que es apenas sensitivo,
y más la piedra dura porque ésa ya no siente,
pues no hay dolor más grande que el dolor de ser vivo,
ni mayor pesadumbre que la vida consciente.

Ser, y no saber nada, y ser sin rumbo cierto,
y el temor de haber sido y un futuro terror...
¡Y el espanto seguro de estar mañana muerto,
y sufrir por la vida y por la sombra y por

lo que no conocemos y apenas sospechamos,
y la carne que tienta con sus frescos racimos,
y la tumba que aguarda con sus fúnebres ramos,
y no saber adónde vamos,
ni de dónde venimos...!

Rubén Darío

Algo se removió dentro de mi cabeza, como si hubieran encendido el motor de una potente lavadora. Mi cerebro giró, se revolcó sobre sí mismo varias veces; giró varios ciclos, que, en tiempo real, no supe cuánto duraron. De pronto escuché un ¡clac! Entonces, como si se me botara un tapón, algo brotó del centro de mi frente. ¿Qué fue?: ¿una piedra?, ¿una perla? No lo sé, pero los sentidos regresaron a mí. Percibí la mano de Moscamuerta, su fresca piel viva, que me hizo reaccionar. Por fin respiré normalmente.

—Creo que tú eres la que metió un grano de *arena* en mi cabeza.

—¿Yo?

—Me reventaste el cráneo con tus malditos poemas.

—¿Como cuando quiebras un cascarón?

Me levanté a mirar por el cristal. Mi papá seguía dentro del gusano azul, que vibraba con cada respiración. A través de la ventanita de hule transparente, vi su perfil. Mi papá ya era un árbol, apenas sensitivo. Pronto se convertiría en la más dura piedra, y nos dejaría, a mi mamá y a mí, el dolor de estar vivos.

#¿Desconectarlo?

Muchas decisiones se tomaron durante aquella semana, que fue lo que duró el estado de excepción, siete largos días que pasaron lentamente, como arrastrándose. Fue un tiempo congelado en el que las cosas cambiaron, ¿para peor?, ¿para mejor? ¿Quién puede saberlo? ¿Por eso lo llamaban estado de excepción: cuando cualquier cosa podía salirse de lo normal y suceder lo inesperado? El gobierno aprovechó para imponer las reformas que no había podido implantar por las buenas; los comerciantes hicieron el negocio de su vida, vendiendo al doble y hasta al triple del precio oficial lo que hubieran tardado en vender no sé cuántos meses. Claro que también sucedió que los flojos flojearon en su casa, mirando la tele día y noche, y los que tenían miedo tampoco salieron ni dijeron nada. Tal vez, después de todo, no eran cosas tan inesperadas.

¿Cuántos muertos hubo? Oficialmente no pasaron de diez mil. En la vida real, no he conocido a alguien a quien no se le haya muerto, por lo menos, algún pariente o amigo cercano; eso daría como resultado un número altísimo, pero yo no soy ningún experto en estadísticas, y la gente prefiere olvidar y seguir viendo su telenovela o su partido de futbol. Y los que no olvidan y salen a protestar a la calle o en las redes sociales en cualquier momento pueden desaparecer. Así están las cosas desde entonces. Muchos dicen que, de cualquier manera, antes también te podía levantar o secuestrar la delincuencia organizada. ¿Estamos peor o igual? Yo digo que peor. Ya probaron que pueden imponer el estado de excepción cuando se les antoje.

Moscamuerta permaneció fiel a mí durante esos días en que estuve vigilando que el gusano mantuviera con vida a mi papá. Tenía que estar alerta, porque los cortes de electricidad se daban de vez en cuando, en el momento menos esperado, y entonces yo debía activar manualmente la bomba del pulmón artificial. Era como darle respiración de boca a boca a mi papá, pero en vez de que nuestras bocas se tocaran, eran la bomba de aire y la cámara de oxígeno las que hacían contacto. Le daba vuelta a la manivela de la bomba, con miedo de hacerlo demasiado rápido o demasiado lento; con miedo de no tener la fuerza suficiente para aguantar lo que durara el corte. Moscamuerta me daba ánimos.

—Si te cansas, yo le sigo.

Hubo algunas amenazas de bomba en el aeropuerto, en estaciones del metro, en centros comerciales y hospitales. Aunque nunca estalló ni una sola, se necesitaba desalojar los edificios cada vez que se activaba la alerta. Era el caos dentro del caos. La gente corría atropelladamente para salvarse: ya no sabía de qué salvarse. Nos traían como ganado, de aquí para allá. Yo nunca salí durante las alertas, ni mi mamá ni Moscamuerta. No es que no tuviéramos miedo, pero nunca hubiéramos dejado solo a mi papá, aunque él ya no se daba cuenta de nada. El terror era nuestro, y lo teníamos que masticar como un plato agrio y apestoso. Nos aguantábamos, eso era todo.

En medio de la crisis, teníamos el privilegio de ocupar ese pulmón artificial, pero había más enfermos que esperaban una oportunidad y mi papá ya no parecía que fuera a respirar por sí mismo. Me decían que podían cambiarle la cámara por una simple mascarilla, pero ésta sólo le suministraría oxígeno, mientras que la cámara servía además para presionar los pulmones a través del pecho, y que de esa forma, en algún momento, reaccionaran y empezaran a funcionar de nuevo. Lo malo era que ese momento no parecía que fuera a llegar nunca.

Había que decidir si desconectaban a mi papá. ¡Cha!, y claro que yo no pensaba en los demás, sino en mi papá. Estaba dispuesto a pelear por que él viviera dentro del gusano el tiempo que fuera necesario, así hubiera una cola de ochenta pacientes desesperados. Perdón por mi egoísmo; perdonen ustedes por mi absoluto egoísmo, pero así pensaba yo durante esos momentos de angustia.

#EnanaDiabólica

Mi mamá dormía buena parte del día, gracias a su depresión y a los medicamentos que tomaba. Tal vez era lo mejor: ya no podía con los nervios, la pobre. En una de ésas, despertó sólo para contarme por qué mi papá no acabó su carrera de medicina. Él nunca me había querido decir el motivo, a pesar de que yo muchas veces le pregunté y hasta se lo reproché. Cuando nacimos mi hermanita y yo, mi papá fue el hombre más feliz del universo pero, unas horas más tarde, cuando ella murió, se deprimió tanto que le pareció inaceptable continuar una carrera que no le había servido a ninguno de los médicos que atendieron a mi mamá, para salvar la vida de su preciada hija. Algunos meses después, durante los que apenas les alcanzaba el dinero a mis papás para pagar la renta de la casa, le ofrecieron el trabajo de técnico especializado en los laboratorios y no pudo darse el lujo de rechazar un ingreso que era más que suficiente para mantenernos.

Moscamuerta, en vez de irse tranquilamente a su penthouse, con las grandes comodidades que allí la esperaban, se quedó conmigo, compartiendo la desgracia, el suelo duro y la jodidez de alimentarnos de tortas de tamal. Buenísimas tortas, eso sí, capaces de llenar la panza como ninguna otra comida que yo hubiera probado antes. ¿O sería por el hambre que acumulábamos antes de bajar a buscar al tamalero? Cada vez que llegaba, las enfermeras, los médicos, los empleados de limpieza y los familiares de los pacientes, todos por igual, lo rodeábamos y nos echábamos sobre él como zombis en busca de cerebros.

Moscamuerta y yo tuvimos mucho tiempo para platicar, sentados en el suelo, uno junto al otro. Creo que le conté mi vida entera. No sé cómo lo soportó. ¡Cha!, debe haberse convertido en la persona en el mundo que, aparte de mi mamá, sabe más cosas acerca de mí. Sólo que también me soltó algunas cuantas netas que yo no sé si estaba preparado para oír.

—¿Qué crees?, extraño a mi hermanita. No sé si esté asustada por lo de mi papá.

—Tu hermanita Iris…

—Desde que llegamos y gracias a ella encontramos a mi mamá, no la he vuelto a ver. Tuve un mal presentimiento.

—Tú, que admiras tanto al protagonista de *Taxi driver*, ¿te acuerdas cómo se llamaba la niña a la que Travis quiere salvar?

—¿A Jodie Foster?

—Él la quiere salvar del padrote que la explota.

—¡Claro que lo sé: Iris! Se llamaba Iris. ¿Por?

—Tú, que te ves Travis frente a un espejo, ¿crees que sea una simple coincidencia que tu hermanita se llame Iris?

—¿¡Qué dices!?

—Es más, te apuesto que tú ves a Iris igualita a Jodie Foster.

—¿Cómo me puedes decir esto? Eres como mi papá cuando dijo que mi nombre salió del pintor que yo ni conocía y luego me trajo la maldita camiseta de jarabe de chocolate... ¡Por eso traigo mi paliacate de Bosco!

Se me subió la sangre a la cabeza. Ya ni supe bien lo que le estaba respondiendo. La verdad es que me estaba haciendo enojar tanto Moscamuerta, que en ese instante la odié. ¿Pero cómo enojarme con ella, que había sido súper buena conmigo? Me levanté bruscamente y bajé a dar una vuelta. Quería huir de ahí. No tenía derecho a enojarme con ella, pero tampoco quería escucharla más tiempo.

Anduve vagando por el instituto como alma en pena, mirando a las otras almas en pena. Cada quien con sus problemas encima. A mí sólo me importaban los míos. Tenía la esperanza de encontrar a Iris en cualquier momento, a la vuelta de cualquier edificio. Aunque en el fondo ya sabía que no la volvería a ver. ¡Cha!, Moscamuerta tenía razón en cuanto a que mi hermanita era idéntica a Jodie Foster en *Taxi driver*: una niña tan inocente. Pero había una sola diferencia entre ambas: la Iris de la peli trataba de aparentar más edad, de verse casi como una adulta. Me entró un mal rollo del carajo. En mi cabeza se atravesó la imagen de mi hermanita vestida como la Iris de *Taxi driver*, la pequeña prostituta; su rostro se deformó hasta convertirse en una enana diabólica. Era como si Moscamuerta, con sus palabras, hubiera envenenado la imagen de mi hermanita para siempre, convirtiéndola en una enana que se quisiera hacer pasar por lo que no era: una niña inocente, mi hermanita, que nació de la mano conmigo. Ahora mi hermanita era una actriz mal maquillada, que ya nunca jamás podría volver a convencerme de que ella era la verdadera Iris, mi hermanita Iris.

En ésas estaba, azotándome horriblemente, pero todavía no llegaba lo peor. Vi la cara de Moscamuerta frente a mí, agitada y pálida; ella me sacudía del cuello de la chamarra y me decía que corriera. La seguí. No tenía tiempo de preguntarle nada. Subimos las escaleras volando y terminé sin aliento. Llegué justo cuando el gusano que protegía a mi papá se desinflaba. Los enfermeros acababan de desconectar la bomba que lo mantenía con su forma de tubo y ahora la perdía. Antes de que pudiera protestar, mi mamá negó con la cabeza. No había nada que hacer. Ya habían tratado de reanimar a mi papá con las planchas de choques eléctricos dos, tres veces y no funcionó.

Había perdido a Iris, y ahora perdía a mi papá.

#HumoNegro

Mi mamá prefirió la cremación ese mismo día. Quería algo muy sencillo, según dijo. No hubo manera de avisar a los pocos parientes que tenemos, además de que en pleno estado de excepción quién sabe si hubieran podido llegar a la funeraria. Y tampoco teníamos muchas ganas de que lo hicieran. Moscamuerta se fue a casa a descansar: se lo merecía. Además ella pensó que la muerte de mi papá era algo demasiado personal para entrometerse. Mi mamá y yo esperábamos a que nos entregaran los restos, sentados en una salita en la que colgaba de la pared una pintura con el paisaje más deprimente que pudieron encontrar: un campo soleado, ideal para un picnic. Me parecía deprimente porque esa imagen me machacaba que nunca podríamos hacer un día de campo perfecto, como el del alucine que tuve mientras me pateaban. Ya nunca de los nuncas, porque no estarían ni mi hermanita ni mi papá. Me escapé un momento de la funeraria, a ver si conseguía una coca, porque me estaba dando un bajón insoportable. Al pasar por detrás del edificio alcancé a ver el humo que salía de la chimenea: un humo negro que se elevaba, denso, hacia el cielo azul. Fue la última vez que vi a mi papá, porque la urna que nos dieron, horas más tarde, estaba sellada (sonaba como si adentro hubiera piedras más que ceniza) y no me animé a destaparla.

Primero mi papá se había convertido en un gusano azul y luego en humo negro.

Mientras tanto, como si la muerte de mi papá anunciara, ¡cha, qué ironía!, el término del estado de excepción, por fin llegó el cargamento de vacunas suficientes a nivel nacional. Desde hacía una semana, ya no calaba el frío, el aire estaba limpio y, aunado a la vacunación masiva, los contagios de la influenza *atípica*, como le llamaban ahora, cedieron con rapidez. Los enfermos morían o se recuperaban: no había de otra. Siete días duró el estado de excepción, y cuando terminó, hubo que recobrar la normalidad. Al menos eso era lo que recomendaban a cada rato en la tele y en la radio. Las redes sociales se restablecieron, ya perfectamente rasuradas de los temas que incitaban al malhumor social, no sin la aclaración de que había sido por una serie de problemas técnicos que estuvieron inutilizables por unos días.

¿Cómo íbamos a recobrar la normalidad mi mamá y yo? ¿Recogiendo nuestros pedazos? Uno de los lugares en donde los fuimos a recoger estaba en los laboratorios de mi papá: teníamos que vaciar su locker para llevarnos sus objetos personales y hacer trámites. Allí, donde él trabajaba hubo tres contagiados. Dos compañeros de mi papá se salvaron: él fue el único que sufrió complicaciones y murió. Qué mala suerte tuvimos. Los técnicos nos miraban con pena, le daban el pésame a mi mamá y se iban rápido, en silencio.

Mi mamá entró al privado del que fue jefe de mi papá, para que le firmara unos papeles del trámite para el cobro del seguro de vida. Mientras la esperaba afuera, pasó un señor que había sido compañero de mi papá. Con un gesto discreto de su mano, llamó mi atención; un poco misterioso el tipo. Estaba nervioso, como que no quería que nadie lo viera conmigo. De adentro de su bata sacó un cuaderno verde y lo deslizó en la caja de cartón que yo traía con las cosas de papá.

—Era suyo. Léelo —y se siguió de largo por el pasillo.

Mi mamá salió del privado con los ojos llorosos. Su tristeza y su coraje no se debían nada más a que se hubiera quedado viuda de repente, sino que, a pesar de que mi papá murió por haberse infectado del virus por culpa de su trabajo, los de la aseguradora no querían pagarnos. Le habían informado al ex jefe de mi papá, y él a su vez a mi mamá, que, por un tecnicismo idiota (estuvo acuartelado pero no quedó ninguna constancia oficial de todas esas horas laboradas, gracias al maldito estado de excepción), nunca íbamos a cobrar ni un peso. El ex jefe dijo que estaba muy apenado, pero que él no podía hacer absolutamente nada; luego, simplemente despachó a mi mamá porque tenía otros asuntos que atender. Sí: mi papá entregó la vida por servir a la salud de nuestro país; entregó la vida por la patria, la misma patria del himno que nos convoca a luchar con valor mientras nos trata como a menores de edad y nos exprime los sesos, y que ahora nos daba la espalda.

Mi papá se había hecho humo, y con él, nuestra estabilidad personal y económica. Estábamos en la calle, porque mi mamá llevaba meses sin cobrar su sueldo como empleada ocasional en una empresa de decoración que, gracias al estado de excepción, había recibido el último empujón necesario para declararse en quiebra.

Era el fin del estado de excepción y el fin de una etapa de mi vida.

#Epílogo

Cuando terminó el estado de excepción, regresamos a la escuela, como si sólo hubiéramos tomado unas vacaciones. Faltaba el maestro de biología: nadie lo iba a extrañar. Faltaban algunos alumnos, que sólo echaron de menos durante los primeros días, como si simplemente no hubieran regresado de las supuestas vacaciones. Marx el de los Memes, a diferencia de mi papá, se salvó de la influenza atípica, qué suertudo: salió de la terapia intermedia para seguir fumando su pipa y protagonizando los chistes tontos del feis. Yo, por increíble que parezca, antes de que la prepa terminara conmigo, la acabé. Recién cumplí dieciocho y ahora soy mayor de edad. ¡Cha!, no me siento así: ¡mayor de edad!, para nada. Tengo que sacar ya mi credencial para votar. Pero yo soy Bosco, y si la credencial no dice que me llamo así, ¿entonces, para qué sirve? ¿Para que vote? ¿Están locos? ¿Por quién votaría?

 Crecer es básicamente que el cráneo se te endurezca. Crecer es darte cuenta de que las cosas no son lo que creías. Yo deseaba que mis papás se separaran para tener libertad y hacer lo que se me diera la gana. La muerte los separó a ellos, y separó a mi papá de mí. Ahora lo extraño. Yo deseaba ya no tener que ir a la escuela para no hacer tareas tontas, aunque me metieran de cargador en la central de abasto. Ahora debo trabajar a fuerzas... si quiero estudiar una carrera. Yo, que fui sin querer un falso anarquista, descubrí que los de verdad también eran de mentiras.

Mucho tiempo odié a Moscamuerta y hasta le dejé de hablar. A veces quisiera que no me hubiera hecho ver la realidad. Lo que no consiguieron los psicólogos, lo consiguió ella: me *curó* de mi locura del corazón al mostrarme que la imagen de mi hermanita Iris estaba calcada de la Iris de *Taxi driver*. No volví a ver nunca a mi hermanita. Si curarte es dejar de ver a quien quieres, ¿por qué querría que me curaran?

Si Iris ya no está conmigo, ahora tengo a Moscamuerta. Hace poco la volví a buscar y le pedí perdón por haberla odiado. Ella no se ofendió, sólo se sonrojó. Hemos retomado la amistad en el punto donde la dejamos. No sé qué suceda después, no quiero echar las cosas a perder apresurándome: es que a veces soy un idiota. ¡Cha!, ni yo me reconozco diciendo cosas tan maduras. Ella acaba de firmar un contrato para vender su videojuego a una compañía de las grandes ligas. Y eso que a ella no le importa el dinero... pero sí quiere que su juego se conozca a nivel mundial. Dice que es su propia manera de sembrar un grano de arena en la cabeza de mucha gente. Ella me curó de una cosa y me infectó de otra: de leer poesía. ¡Cha!, jamás pensé que yo llegaría a decir algo así de horrendo. No es que me guste la poesía, ¡es que ahora la necesito! No sé, a veces me pongo paranoiquetas y se me ocurre que Moscamuerta domina demasiado bien el arte de implantar ideas en las personas. ¿Y qué tal si su videojuego resulta una forma de implantarle cosas a los adolescentes en el cerebro? ¿En algún momento ella pasará de ser perseguida a perseguidora? ¿Comenzará a cultivar perlas en la cabeza de la gente para luego venderlas?

Con respecto a mi nombre, mi papá se equivocó/mi papá acertó. Hace unos meses, me puse a ver un documental sobre Alfred Hitchcock. Cuando dieron algunos de esos datos dizque curiosos, del tipo "¿sabías qué?", mencionaron que el jarabe de chocolate Bosco se utilizó en la famosa escena de *Psicosis*, en la que apuñalan a una mujer en la regadera, para simular que era sangre yéndose por la coladera. Claro, la peli es tan vieja que todavía es en blanco y negro, por lo que nadie notó que la sangre no era roja, y así el gordito director engañó al público con una escena que en realidad era tan dulce: hasta imagino cómo la actriz acabó con el cuerpo todo empalagado de chocolate. El chiste es que, en ese momento, recordé que yo ya había visto ese documental, pocos días antes de soñar con mi hermanita, pero se me borró por completo de la cabeza. Entonces, quizá mi papá no estaba tan errado, porque tal vez, gracias al documental sobre las pelis de Hitchcock, fue que se me pegó el nombre del jarabe de chocolate.

Moscamuerta y mi papá, los dos, sin ponerse de acuerdo, me extrajeron la piedra de la estupidez de la cabeza. Al hacerlo, me arrancaron de mi mundo de fantasía: dejé de ser un niño y el cráneo se me solidificó, como un maldito casco asfixiante que ya no me podré quitar jamás, a menos que coja un taladro de dentista y me perfore yo mismo la frente para que las ideas me fluyan mejor. A pesar de eso, sigo siendo yo, sigo siendo Bosco, y me tiene sin cuidado de dónde haya salido mi nombre, porque ya lo hice mío: es una parte indivisible de mí, tal como mi hermanita, aunque ya no la pueda ver.

Recién aterrizado en el mundo de los adultos, tal vez sería tiempo de contar un poco de lo que sé… Los periódicos son lo peor. También los noticiarios de la tele. Esto no va de zombis ni de vampiros, pero casi casi. Créanme que nadie sabe nada. Las versiones que han propagado en los medios de comunicación, ahora que están haciendo el recuento de los hechos, un año después, no dicen la verdad.

Aquella noche que regresamos mi mamá y yo de los laboratorios, decepcionados porque no íbamos a poder cobrar el seguro de vida, y después de arrumbar en el cuarto de servicio la caja con las cosas de papá, por pura curiosidad tomé el cuaderno verde que me dio a escondidas su misterioso ex compañero y me lo llevé a la cama. No había mucho que leer, al menos eso pensé al principio. Mi papá anotaba cosas medio raras: garabatos y dibujitos colocados como si fueran fórmulas o ecuaciones, que al principio no entendí. Luego me di cuenta de que se trataba de una serie de claves. Él mismo me había enseñado a usarlas de niño, cuando jugaba conmigo a los agentes secretos, y me dejaba notas pegadas en la puerta de mi cuarto para que yo las descifrara: eran parecidas a conjuntos de emoticones que se podían leer como oraciones. En las noches siguientes, me desvelé tratando de descifrar poco a poco sus anotaciones. Descubrí una lista de productos médicos que fueron comprados por el gobierno a precios exorbitantes. ¿Un ejemplo?: cubrebocas con un sobreprecio nada menos que de 9 833 por ciento. Y eso sólo para empezar. Había infinidad de materiales que se compraron inflando los precios, durante el estado de excepción. En total, se trataba de una estafa de varios miles de millones de dólares, ya que las compras fueron hechas en el extranjero. Pero además, había otros asuntos oscuros.

Uno de los mensajes que todavía estoy descifrando comienza así: "Virus como anarquistas infiltrados en el organismo del país…". Y es que mi papá comparó a los anarquistas con el virus de la seudoinfluenza. Ambos ocasionaron que, según el gobierno, se tuviera que declarar forzosamente el estado de excepción. Por un lado, estuvieron los anarquistas, que contribuyeron con los disturbios y el caos que provocaron en varias ciudades importantes; y, por el otro, el virus, que aportó la enfermedad y el miedo entre la población. Lo más importante es que él tenía pruebas de que alguien introdujo en el país el virus mutante ¡a propósito! Por desgracia, mientras conseguía esas pruebas, fue como él mismo se infectó.

Quizá sea tiempo de que revele públicamente el contenido del cuaderno verde de mi papá. Estoy seguro de que Moscamuerta se pondrá feliz ahora que le llame para pedirle que me ayude a descifrar las anotaciones que todavía no comprendo.

Índice

#MeCaíDeCabeza 9
#MarxElDeLosMemes 13
#LocoDeMiCorazón 17
#GemelosNoEnvejecenIgual 23
#Mitocondrias&Convulsiones 27
#TacosDeSesos 31
#¿SeSeparan? 37
#PosiciónFetal 45
#Moscamuerta 51
#PiensoEnLaLinfa 55
#¡NoHayEpidemia! 59
#PuraPrecaución 63
#ExpediciónAlInteriorDelClóset 67
#JarabeDeChocolate 71
#¿MeHablasAMí? 77
#PartículasGorgónicas 81
#NataliaLaFocacha 87
#PatadasPisotones&Escupitajos 93
#RocaQuePalpita 97
#FalsoAnarquista 101

#¿SoyBóster? 105
#EresMenorDeEdad 111
#SuenaElHimnoNacional 115
#PomadaDePeyote 121
#EternoAdolescente 125
#LloréOtraVez 129
#TeVoyAContar 135
#BloqueoDeTwitter 141
#Perla 147
#EludimosRetenes 153
#PosMeSalto 157
#IrisEterna 161
#ElPisoSeMeMueve 165
#GusanoAzul 171
#¿Desconectarlo? 175
#EnanaDiabólica 179
#HumoNegro 183
#Epílogo 187

Andrés Acosta nació en Guerrero, en 1964. Entre otras novelas ha publicado: *La sirena y el halcón* (Premio FeNaL-Norma), *Su fantasmática presencia* (Premio Binacional Valladolid a las Letras), *Clandestino* (Premio El Barco de Vapor), *Tristania* (Premio Fundación Cuatrogatos), *Lengua de hierro* (Premio Ignacio Altamirano), *Cómo me hice poeta* (Premio Juan García Ponce), *Olfato* (Premio Gran Angular) y *No volverán los trenes* (Premio Josefina Vicens). Ha sido artista residente en Colombia, Canadá y Austria. Pertenece al Sistema Nacional de Creadores de Arte. *#YoSoyBosco* recibió el Premio Internacional de Literatura Juvenil del Fondo Editorial del Estado de México y el Premio Fundación Cuatrogatos, con sede en Miami.

#YoSoyBosco de Andrés Acosta
se terminó de imprimir en junio de 2021
en los talleres de
Impresora Tauro, S.A. de C.V.
Av. Año de Juárez 343, col. Granjas San Antonio,
Ciudad de México